BASTEI LÜBBE

Aus der Taschenbuchreihe JERRY COTTON – Neuer Roman – sind nachstehende Romane erhältlich. Fragen Sie im Buch- oder Zeitschriftenhandel nach diesen diesen Titeln:

31 424	Mr. Milliarde
31 425	Jennifer – ein Vamp von 90 Karat
31 426	Die Babyhändler
31 427	Die Bestie aus der Todeszelle
31 428	Eine Frau gegen New York
31 429	Der Frauenfänger
31 430	Die Hölle am Ende der Welt
31 431	Gute Nacht, G-man!
31 432	Die Mörderbrut
31 433	Inferno über den Wolken
31 434	Mr. Death

JERRY COTTON

Highway zur Hölle

Kriminalroman

BASTEI LÜBBE

BASTEI-LÜBBE-TASCHENBUCH
Band 31 435

Erste Auflage: September 1997

Lektorat: Hans-Ulrich Steffan
Titelbild: Roy Palmer
Umschlaggestaltung: QuadroGrafik, Bensberg
Satz: Fotosatz Steckstor, Rösrath
Druck und Verarbeitung:
Brodard & Taupin, La Fléche, Frankreich
Printed in France

ISBN 3-404-31435-2

Der Preis dieses Bandes versteht sich
einschließlich der gesetzlichen Mehrwertsteuer.

1

Der Geruch durchdrang alles. Die Fasern meiner Kleidung, die Poren meiner Haut. Ich fühlte mich wie der Maschinist, der inzwischen Feierabend hatte. Mit Schmieröl in den Gelenken und Schiffsdiesel in den Adern.

Ich hockte im Maschinenraum des Hafenschleppers ›Roaring Bull‹, und ich war selber schuld. Denn ich hatte mir den Job ausgesucht. Freiwillig. Der Einsatz auf dem East River war meine Idee gewesen. Phil hatte nichts dagegen einzuwenden gehabt. Das bereute er längst. Garantiert. Inzwischen wünschte er mich wahrscheinlich in den tiefsten und heißesten Höllenschlund. Diese unfrommen Wünsche beseelten ihn in seinem eigenen persönlichen Maschinenraum, dem des Schwesterschiffs ›Roaring Buffalo‹.

Und er hatte recht.

Es gab hundert bessere Möglichkeiten, diesen lauen Frühsommerabend zu verbringen. Ich dachte an Patricia, die bildhübsche, temperamentvolle Redakteurin, und an das, was wir verpaßten: ein Essen im Village, in einem Gartenrestaurant, mit Kerzen und Chianti und edlem Jazz vom Branford Marsalis Quintet. Aber dieser zwölfte Juni war nicht unser Tag, sollte es auch nicht mehr werden. Verabredung verschoben – auf ein beziehungsfeindliches Irgendwann.

Eine kleine, unauffällige Klappe in der Luke war für Phil und mich die einzige Frischluftzufuhr.

Wenigstens hatten wir seit einer Dreiviertelstunde Ruhe. Schon vor drei Stunden, als es noch hell gewesen war, hatten die Skipper uns drüben an den Greenpoint Piers abgeholt. Wir waren unter Deck geblieben und hatten das Dröhnen der Maschinen beim Verholen von Überseefrachtern erlebt.

Jetzt lagen beide Schlepper an ihrem Heimatpier an der Marginal Street, einen Steinwurf nördlich der Manhattan Bridge. Wenn ich den Kopf dicht unter die Luftklappe hob und nach Süden spähte, konnte ich die Wolkenkratzer des Financial District sehen. Den Lichterglanz. Doch viel wichtiger waren Achterdeck und Ruderhaus unserer jeweiligen Schlepper.

Auf einem von beiden wollten wir Mike Fontana schnappen.

Fontana, den Unterboss des Gambetta-Mobs.

Er hatte vor, an diesem Abend Nägel mit Köpfen zu machen. Die Kapitäne der Schlepper sollten ein Angebot erhalten, das sie nicht ablehnen konnten. Fontana brauchte nur noch diese beiden einflußreichen Männer auf seiner Seite, dann hatte er ihre Gewerkschaft im Kasten. Dann konnte er seinem Boss Vollzug melden: »Lenny, es ist geschafft. Die ›Union of Tug Boat Men‹ hört auf unser Kommando. Keine Tarifabschlüsse mehr ohne unsere Beteiligung. Na, was sagst du?«

Lenny Guzzo, der Pate des Gambetta-Mobs, würde ihm krachend auf die Schulter hauen. Und er würde es als erneuten Beweis einer lange bekannten Tatsache werten. Fontana war sein wichtigster Mann. Fontana zog die dicksten Fische für ihn an Land. Fontana war durch nichts und niemanden zu ersetzen.

Ich horchte auf die Geräuschkulisse. Konzentrierte mich. Nichts hatte sich verändert. Auf dem ›FDR‹, dem Franklin Delano Roosevelt Drive, rauschte der Autoverkehr in Richtung Norden und Süden. Auf dem East River war es ruhiger geworden. Nur von den Kais und Piers in Brooklyn wehten die nie endenden Lösch- und Ladegeräusche herüber. In größeren Abständen als tagsüber sangen die Triebwerke startender Jets auf dem LaGuardia Airport. Die Häusermeere vom Manhattan, Brooklyn und Queens steuerten ein vereintes Summen bei. Es erfüllte die Luft wie ein vibrierender Atem dieser riesigen Stadt, die selbst nachts noch vor Energie zu bersten schien.

Etwas löste sich aus den Hintergrundgeräuschen.

Ich stufte es ein. Dem satten Brummen nach mußte es ein Achtzylinder sein.

Mein Walkie-talkie krächzte.

Ich stöpselte das Kabel ein und schob das bohnengroße Mikro ins linke Ohr. Der Lautsprecher war damit ausgeschaltet. Ich vernahm die Stimme Paul Bastables. Phil erhielt die Durchsage zur selben Zeit.

»Der Besuch kommt. Zwei Fahrzeuge. Ein Jeep Grand Cherokee ...«

Das war der Achtzylinder, den ich hörte. Der schwere Geländewagen hatte einen unverwechselbaren Sound.

»... und ein Buick Park Avenue. Beide schwarz. Okay – sie halten vor dem Pier, direkt neben dem Schuppen. Jetzt rangieren sie – die Schnauze zum ›FDR‹ ...«

Damit sie sofort lospreschen konnten, wenn eine überstürzte Abfahrt angesagt war. Logisch. Die Fahrer würden deshalb im Wagen bleiben, wie üblich.

Paul Bastable saß im Ruderhaus der ›Roaring Bull‹, seinem Beobachtungsposten. Die beiden Kapitäne harrten in der Kajüte aus. Paul hatte das Treffen mit Mike Fontana arrangiert.

Pauls wirklichen Namen kannten nicht mal wir vom FBI. Wir wußten nur, daß er Undercover-Cop war und der ›Organized Crime Investigation Division‹ angehörte. Das ist jene Abteilung des New York Police Department, die für die Bekämpfung des organisierten Verbrechens zuständig ist.

Phil und ich arbeiteten mit Paul zusammen, seit wir die FBI-Sonderkommission für die Ermittlungen gegen den Gambetta-Mob leiteten. Pauls Undercover-

Job war ein Langzeit-Einsatz. Schon seit vier Jahren lebte er in Queens und trieb sich in den einschlägigen ›Hangouts‹ herum, den Clubs und Kneipen des Gambetta-Mobs.

Vor drei Jahren hatten sie Paul Bastable für vertrauenswürdig genug gehalten. Sie hatten ihm Jobs gegeben. Zinsen und Spielschulden eintreiben, Schutzgelder kassieren, Spielgewinne überbringen. Paul hatte gezeigt, daß er nicht zimperlich war. Ein höllisch schwieriges Unterfangen für einen Kriminalbeamten im verdeckten Einsatz. Er stand ständig mit einem Bein in der Illegalität.

Aber Paul hatte es geschafft. Er machte seine Sache so überzeugend, daß Mike Fontana ihn unter seine Fittiche nahm.

In Fontanas Auftrag hatte Paul bei den beiden Schlepperkapitänen das Verhandlungsterrain sondiert. Sie waren die letzten halsstarrigen Kerle, die einfach nicht einsehen wollten, daß ihre Gewerkschaft Vorteile davon hatte, wenn sie mit dem Mob zusammenarbeitete.

Pauls Stimme drang erneut in mein Ohr.

»Sie steigen aus. Fontana und – drei Bodyguards. Sie haben es eilig – gehen auf unseren Schlepper zu, die ›Roaring Bull‹ . . .«

Ich tastete nach meiner Waffe. Phil und ich hatten uns für den Einsatz mit Revolvern im Kaliber .357 Magnum ausgerüstet, aus dem Hause Smith & Wesson wie unsere bewährten 38er. Mit den Magnum-Geschossen erhielten wir die höhere Mannstoppwirkung, wenn es sein mußte.

Ich hob das Walkie-talkie in Sprechhöhe.

»Wie sieht die Umgebung aus?« fragte ich leise.

»Nichts auf dem Wasser«, kam Pauls prompte Antwort. »Nichts auf der ›Buffalo‹ und nichts auf den anderen Kähnen. An Land nur die beiden Fahrzeuge.

Fontana und seine drei Kerle sind gleich da. Ich gehe ihnen jetzt entgegen.«

»Verstanden«, antwortete ich. So war es abgesprochen.

Paul würde Fontana und seinen Begleitschutz an Deck begrüßen und dann mit Fontana und einem Leibwächter zu den Kapitänen in die Kajüte gehen. Die beiden anderen Leibwächter sollten beim Ruderhaus in Stellung gehen, an Backbord und an Steuerbord. Später, wenn Paul uns das Zeichen gab, würde ich den Backbord-Bodyguard außer Gefecht setzen und Phil den an Steuerbord.

Doch selbst die schönsten Pläne haben den fatalen Haken, in dem Moment nicht mehr zu funktionieren, in dem Unvorhergesehenes passiert.

Etwas beunruhigte mich. Etwas, das ich nicht in Gedanken und nicht in Vermutungen kleiden konnte. Und es hatte nichts damit zu tun, daß mir die Geruchslast aus Schmieröl und Schiffsdiesel zunehmend auf den Geist ging.

Ich hörte Paul Bastables Schritte auf den Decksplanken. Ich versetzte mich in seine Situation.

Meine Nerven begannen zu vibrieren.

Es war der Moment, in dem ich beschloß, dem Unvorhergesehenen zuvorzukommen. Ich stieß den Plan um, bevor es ein anderer tun konnte – jemand, von dem wir alle noch nichts wußten.

Ich wartete, bis Paul das Achterdeck erreicht hatte. Dann stemmte ich vorsichtig die eine Hälfte der Luke hoch. Behutsam ließ ich sie zur Seite herab, bis sie gegen einen Widerstand stieß und festlag. Die Öffnung von einem halben Meter genügte mir, um mich hochzuziehen und hinauszustemmen.

Fontana und seine Begleiter gingen an Bord.

Der Schlepper schwankte nicht einmal, aber die Decksplanken übertrugen die Schrittgeräusche. Nur für einen Moment. Sie blieben auf der Plattform vor der Heckverschanzung stehen. Das war die freie Fläche, die beim Schleppen von Dickschiffen der Trosse gehört.

Ich hörte die Stimmen der Männer, als ich neben der Lukenöffnung in die Hocke ging. Windengehäuse und die Verankerung des mächtigen Hakens gaben mir Sichtschutz. Ich zog den Magnum.

Im selben Moment brach die Hölle los.

Es begann mit einem Motor, der an Land aufbrüllte.

Reflexartig federte ich hoch.

Wie von selbst lag mein Revolver im Beidhandanschlag. Die Visierlinie war eins mit meiner Blickrichtung. Und ich erfaßte das Unglaubliche, ohne es begreifen zu können.

Scheinwerfer bohrten sich von der Marginal Street heran, unterhalb der Betonständer des FDR Drive.

Die drei Leibwächter wichen von Fontana und Bastable zurück. Nur einen Schritt. Der, der dem Unterboss am nächsten stand, hatte plötzlich seine Waffe draußen. Eine Glock. Das klobige Ding flog hoch.

Paul stand halb in der Schußrichtung. Einen Moment zu lange war er in das Gespräch mit Fontana vertieft. Deshalb bemerkte er die Gefahr nicht sofort. Beide waren mehr durch das Motorendröhnen irritiert, als daß sie mitgekriegt hätten, was in ihrer unmittelbaren Umgebung lief. Fontana drehte sich um, spähte zur Landseite des Piers.

Der Undercover-Cop blickte in dieselbe Richtung.

»Paul!« brüllte ich. »Deckung!«

In diesem Moment krachte die Glock.

Fontana zuckte zusammen, in den Rücken getroffen.

Am Ufer begann der Teufelstanz.

Ein Range Rover fegte auf den Vorplatz des Piers. Maschinenpistolen hämmerten. Reifen wimmerten.

Das Geschehen überschlug sich.

Der Mann mit der Glock jagte Fontana zwei weitere Kugeln in den Rücken.

Und, verdammt, ich konnte nichts tun, ohne Paul zu gefährden.

In diesem Moment rissen die beiden anderen ihre Automatiks heraus, duckten sich.

Endlich warf Paul sich zur Seite. Er zog im Fallen.

Ich feuerte im selben Sekundenbruchteil.

Der Magnum-Revolver wummerte und ruckte in meinen Fäusten, bäumte sich auf, spie das Teilmantelblei mit Feuer und Urgewalt.

Die beiden Bodyguards hob es buchstäblich von den Füßen.

Auf der anderen Seite des Piers schnellte Phil aus seiner Luke hoch. Ich sah es aus den Augenwinkeln heraus.

Vor den Schuppen, an Land, zersplitterten die Windschutzscheiben und die Seitenscheiben des Buick und des Jeep unter den MPi-Garben. Der Range Rover schlingerte.

Der Mann mit der Glock stieß Fontana über Bord.

Er wirbelte herum.

Phil, Paul und ich feuerten gleichzeitig.

Den Glock-Schießer schüttelte es durch wie einen kranken Baum im Orkan.

Der Range Rover stabilisierte sich, jagte auf den Pier zu. Das Motorbrüllen schwoll an.

Ich sah die Kerle aus den Seitenfenster hängen.

Einer auf jeder Seite.

Die MPi-Läufe schimmerten im Licht der Peitschenmastlampen. Die ersten Mündungsblitze zuckten. Erneut geriet der Range Rover in Schlangenlinien.

Eine Kugelgarbe wanderte auf das Wasser hinaus, peitschte eine Serie von weißgischtenden Fontänen aus dem Dunkel.

Ich wußte, uns blieben nur Bruchteile von Sekunden.

Deshalb zog ich durch und feuerte in die Mündungsblitze hinein.

Auch Phils Magnum-Revolver donnerte.

Es ging um Paul Bastables Leben. Vor allem um *sein* Leben. Er hatte keinen Schutz auf dem Achterdeck. Ihn würden die MPi-Schießer zuerst erwischen, wenn sie zum Zug kamen. Seine Automatik hätte ihm wenig genützt, wenn er allein gewesen wäre. Gegen die Übermacht hätte er nichts ausrichten können. Doch gemeinsam waren wir in der Lage, uns zur Wehr zu setzen. Und letzten Endes ging es auch für Phil und mich ums nackte Überleben. Pauls Automatik mischte sich mit hart hackenden Schüssen in das Wummern unserer schweren Revolver.

Das Mündungsfeuer beiderseits des Range Rover wuchs zu grellroten Flächenblitzen. Die Windschutzscheibe, eben noch glatt wie ein schwarzer Spiegel, löste sich in grausilbrige Bruchstücke auf. Gegen die Auftreffenergie von Magnum-Geschossen ist das beste Verbundglas nicht mehr wert als Pappe.

Der Range Rover brach aus. Scherte nach links aus und fuhr mit unverminderter Geschwindigkeit auf die Kaimauer neben dem Pier zu. Es sah aus, als wollte der Luxusgeländewagen zum Sprung ansetzen und auf das vier Meter entfernte Achterdeck der ›Roaring Buffalo‹ hüpfen. Doch dazu war der Rover einfach zu schwer. So wurde aus dem Sprung ein schlappes Abtauchen über die Kaimauer.

Und krachend und berstend prallte die Schnauze des Rover auf das stählerne Heck-Schanzkleid des Schleppers.

Das kantige Hinterteil des Wagens wurde angehoben. Die Frontpartie pilzte sich auf und rutschte an der geschrägten Verschanzung hinunter. Kopfüber tauchte der Rover abwärts. Mit dem Wagendach schlug er dabei gegen das Heck des ›Buffalo‹. Die Luft gurgelte aus den zerschossenen Fenstern, und die Schwärze des Wassers zwischen Kaimauer und Schlepperheck schluckte das schwere Fahrzeug mitsamt Insassen. Für die Gangster hätte es ohnehin keine Rettung mehr gegeben. Mit unseren Schüssen hatten wir sie getötet. Eine andere Möglichkeit hatten wir nicht gehabt.

Stille kehrte ein.

Eine ungeheuer intensive Stille war es, obwohl die nächtlichen Geräusche der riesigen City keineswegs verstummt waren.

Ich verließ meine Deckung und lud den Smith & Wesson nach. Mit Hilfe des Speedloaders waren das nur zwei Handgriffe: Ejektor betätigen und mittels des Loaders sechs fabrikfrische Patronen auf einen Schlag in die Trommelkammern schieben.

Phil kam über den Pier und sprang auf das Deck der ›Roaring Bull‹. Die Kapitäne waren vernünftig genug, sich nicht blicken zu lassen. Paul hatte sich bereits aufgerappelt. Er war dabei, die Waffen der Bodyguards zu sichern und außer Reichweite zu befördern.

Die letztere Vorsichtsmaßnahme war im Grunde überflüssig. Denn keiner der drei Leibwächter hatte es überlebt.

»Warum haben die sich gegen ihren eigenen Boss gewandt?« fragte Phil kopfschüttelnd.

Paul holsterte seine Automatik. »Es gibt ein paar Leute, die dem großen Lenny den Stuhl unter dem Hintern wegziehen wollen.«

Das war nicht neu. Aber bislang hatte Guzzo alle

Anfeindungen unbeschadet überstanden. Noch war er mächtiger als alle Konkurrenten im eigenen Lager. Niemand hatte ihm bislang ungestraft ans Bein gepinkelt.

Aber jetzt hatten sie ihm seinen wichtigsten Verbündeten genommen.

Es wurde gefährlich für ihn.

Von einem Tag auf den anderen.

Wie stark Lenny Guzzos Konkurrenten mittlerweile waren, zeigte die Tatsache, daß es ihnen gelungen war, Fontanas eigene Leibwächter umzudrehen.

Sirenengeheul nahte. Kreisende Rotlichter huschten auf dem FDR Drive herbei. Autofahrer, die das Geschehen beobachtet hatten, mußten sofort die Polizei verständigt haben.

Paul Bastable war sich darüber im klaren, daß der Undercover-Einsatz für ihn ab sofort beendet war. Er würde die Stadt verlassen und zu Verwandten in Massachusetts ziehen. Dort würde er ein Jahr in völliger Abgeschiedenheit auf dem Land verbringen, ehe er in den Polizeidienst zurückkehrte. Nicht in New York. Vielleicht in einer kalifornischen Großstadt, vielleicht in Texas, Louisiana oder Florida. Es gab genügend Möglichkeiten.

Wir begleiteten Paul ein Stück, gingen gemeinsam mit ihm den Kollegen von der City Police entgegen. Ein Streifenwagen würde ihn wegbringen. Auf Nimmerwiedersehen.

Auch für die Fahrer des Buick Park Avenue und des Jeep Cherokee gab es keine Hilfe mehr. Ich benutzte mein Handy und informierte Mr. High, unseren Chef, über den Stand der Dinge. Phil telefonierte ebenfalls, sorgte dafür, daß die Flußpolizei mit Tauchern anrückte.

Wir wandten uns um und kehrten zum Pier zurück, um die Kapitäne aus ihrer Ungewißheit zu erlösen. In der Mitte des nachtschwarzen Flusses setzten sich Positionslichter in Bewegung. Das Rot und das Grün gehörten zu einem Boot, das mit einer starken Maschine ausgerüstet sein mußte. Denn es entfernte sich mit hoher Geschwindigkeit nach Norden.

2

Marilena war die gefährlichste Frau New Yorks. Ich wußte es, und ich war ihr ausgeliefert. Wenigstens für die Dauer dieses Slowfox. Als höflicher Mensch, der ich nun mal bin, konnte ich mich nicht einfach auf der Tanzfläche von ihr verabschieden. Denn die Damenwahl hatte ihr das Recht gegeben, mich aus der Thekenschar und damit aus Phils Obhut zu entführen.

Mein Freund und Kollege konnte nichts weiter für mich tun, als mein Glas mit dem Alkoholfreien zu halten.

Der hochmoderne Sporthallenboden war eigens für diesen Abend mit einem Kunststoffbelag überdeckt worden. Dessen Muster war eine Parkettimitation. Darauf wogten etwa zweihundert Smokings und die gleiche Anzahl Ballkleider im Takt. Mindestens zweihundert weitere Leute verteilten sich auf drei Bars und die beiden Räume mit dem kalten und dem warmen Büfett.

Das Super-Sportzentrum ›Woodland‹ wurde eingeweiht.

Schon am Vormittag hatte das Festprogramm begonnen.

Der Ball am Abend bildete den krönenden Abschluß.

Ein glanzvolles Ereignis für das Stadtviertel Woodside in Queens, New York. Eine Menge maßgebliche Leute aus Politik, Verwaltung und Wirtschaft gaben sich die Ehre. Die Medienvertreter waren zur Stelle. Nicht wegen all der Maßgeblichen, sondern nur wegen eines einzigen Gangsters.

Leonard Guzzo.

Seinetwegen gehörten auch Phil und ich zum erlauchten Kreis der Festgäste. Ein merkwürdiger Job war das für uns, nach dem Schmieröl-Einsatz am Vortag. Nicht nur wegen des Pinguin-Kostüms, in das wir hatten schlüpfen müssen. Nein, unsere Anwesenheit sollte dem Rest der Anwesenden vor Augen führen, daß etwas nicht stimmte. Daß es nicht selbstverständlich war, was hier ablief.

Denn Leonard Guzzo war die Hauptperson der Veranstaltung.

Und alle schienen diese Tatsache für völlig normal zu halten.

Niemanden kümmerte es, daß er Oberhaupt des Gambetta-Mobs war. Für ihn und seine Leute war es allerdings die Gambetta-*Familie*. Sie nannten sich nicht gern ›Mob‹, denn das ist die Bezeichnung für das organisierte Verbrechen. In solchen Niederungen bewegte sich Leonard Guzzo schon lange nicht mehr. Zu dem Glauben verleitete er alle Welt. Halb Queens und halb New York kauften ihm ab, daß er der ehrenwerte Geschäftsmann war, den er spielte.

Und als solcher hatte er das Sportzentrum finanziert.

Woodland – Lennys neue Spende für Queens

Leonard Guzzo finanziert ein weiteres Sportzentrum

So schwärmte die Lokalzeitung ›New York Newsday‹ in ihrer Ausgabe vom heutigen Freitag, dem dreizehnten Juni. Und der, so prophezeiten die Sensationsgeier, sollte als Glückstag in die Geschichte von Queens eingehen.

Sie hatten vergessen, daß man den Tag nicht vor dem Abend loben soll. Weil Journalisten aber nun mal keine Hellseher sind, konnte man ihnen das nicht einmal übelnehmen.

Doch Guzzo hatte eine Menge Freunde. Das allein zählte an einem Tag wie diesem. Und alle nannten ihn begeistert ›Lenny‹. Alle empfanden es als eine Ehre, zu seinem Bekanntenkreis zählen zu dürfen.

Marilena war seine Frau.

Sie preßte sich herausfordernd eng an mich. Ihr Kleid war kurz, rot und sündhaft. Eine goldfarbene Stola wuselte um uns herum. Die Band zog den Slowfox in die Länge, schien nie mehr damit aufhören zu wollen. So kam es mir jedenfalls vor. Die Sekunden wurden zu einem zähflüssigen Zeitsirup. Marilena praktizierte mit ihren Hüften etwas von jener kreisenden und ›schwingenden‹ Art, was Bauchtänzerinnen stets nur solo vorführen. Ihre Arme hatte sie längst um meinen Nacken geschlungen.

Weil die Band so unglaublich sanft und gedämpft spielte, verstand ich sehr gut, was mir meine Tanzpartnerin ins Ohr flüsterte.

»Weißt du, daß du mit dem Feuer spielst, G-man?« Diese rassige Schwarzhaarige, ein Lieblingsobjekt der Pressefotografen und der Kameraleute, duzte jeden. Es war nur noch eine Frage der Zeit, wann uns die Geier in dem Pulk aufspürten.

»Ich komme mir eigentlich ziemlich passiv vor«, erwiderte ich mit einem vorsichtigen Rundblick. Natürlich wußte ich, was sie meinte. Lenny war noch nicht im Anmarsch. Noch bildete sich keine Gasse für den Wütenden.

Marilena antwortete mit einem Schleierblick. Synchron dazu verstärkte sich das Drängen ihrer unteren

Regionen. Die Mulden ihres prallen Fleisches suchten nach meiner Reaktion.

»*Das* nennst du passiv?« fragte sie amüsiert.

»Nein, ich nenne es Handy.«

Ihr Grinsen erlosch. »Mach dich ruhig über mich lustig«, flötete sie, ohne den Körperkontakt zu lockern. »Es ändert sowieso nichts.«

»Woran?«

»Daran, daß ich dein Leben in der Hand habe.«

»Ich habe mich wohl verhört!« erwiderte ich aus tiefster Überzeugung.

»Nein, hast du nicht.« Energisch schüttelte sie den Kopf. »Ich allein habe es in der Hand, ob Lenny eifersüchtig wird oder nicht.«

»Ach!«

»Ja, im Ernst. Es hat in meinem Leben genau acht Leute gegeben, auf die Lenny mit Recht eifersüchtig war.«

»Und von denen lebt keiner mehr.«

Marilena lachte gurrend. »Du weißt also, was dir blüht.«

Ich tätschelte ihr den Hintern. »Ich weiß, worauf ich zu achten habe. Wie lautet dein Erpressungsversuch?«

»Ha!« Ihre Augen blitzten. »Du denkst, du hast mich durchschaut?«

»Ja.«

»Was fragst du dann?«

»Recht hast du«, begann ich. »Also tippe ich mal: Du würdest gern wissen, weshalb wir hier rumhängen – Phil und ich.«

»Fast ein Volltreffer.«

»Dann *mach* einen daraus.«

»Okay. Ich *würde* es nicht gern wissen, ich *will* es wissen.«

»Mir schlottern die Knie«, feixte ich. »Da bleibt mir wohl nichts anderes, als ein Geständnis abzulegen.«

»Exakt.« Marilena lächelte diabolisch. »Wir sind nämlich nicht mehr weit von der Bar entfernt, an der Lenny steht.«

»O mein Gott!« ächzte ich und verdrehte die Augen in gespielter Todesangst. »Bitte verschone mich, liebste Marilena.«

»Dann rede!« ging sie auf mein Gealber ein.

»Phil und ich vertreten Bürgermeister Giuliani«, behauptete ich.

»Das Arschloch?«

»Giuliani hat gesagt, er feiert nicht mit Mobstern. Das adelt ihn in unseren Augen.«

»Es dauert nicht mehr lange, und er verbrennt sich die Zunge.«

»Glaube ich nicht.« Ich machte ein überzeugtes Gesicht.

Marilena sah mich durchdringend an. »Siehst du hier irgendwo Mobster? Hast du irgendwo einen getroffen?«

Ich grinste hart. »Dein Mann ist also ein Geschäftsmann? Oder Unternehmer oder so was?«

»Allerdings.« Marilena sagte es trotzig wie ein kleines Mädchen.

»Und du glaubst, das ändert etwas?« Ich schüttelte mitleidig den Kopf. »Bitte erinnere dich: Giuliani hat Arafat hinausgeworfen, als der in die Met wollte. ›In der Oper meiner Stadt dulde ich keine Mörder‹, hat Giuliani gesagt. Und er lebt noch immer.«

»Dein Giuliani ist ein Opportunist«, erwiderte Marilena und sah mich dabei forschend an. »Der kann uns alle mal. Bist du auch ein Opportunist?«

»Rudy Giuliani ist nicht *mein* Giuliani, und wir sind beide keine Opportunisten.«

Sie lachte wieder. »Aber du kannst dich auf Situationen einstellen, selbst wenn sie noch so überraschend sind?«

»Sonst wäre ich kein FBI-Agent.«

»Gut geprahlt, Bulle. Soll ich dir verraten, was meine Spezialität ist?«

»Ich bin ja so gespannt!« schmachtete ich.

Sie zwinkerte, als wären wir ein Verschwörerteam. »Ich bin absolut Spitze darin, Männern die Waffe rauszuziehen.«

Mir klinkte die Kinnlade aus.

Denn noch während Marilena sich das letzte Wort auf der Zunge zergehen ließ, spürte ich einen Druck.

Kreisrund.

Stahlhart.

In der Gegend über der Gürtelschnalle.

Ich starrte an mir hinab. Keine Frage, ich kann nicht besonders intelligent dabei ausgesehen haben.

Zwischen dem federweichen Gewirbel der Stolafasern erblickte ich den mattschwarzen Stahl meines Smith & Wesson. Die Laufmündung war in der Mulde verschwunden, die sie in den weißen Stoff meines edlen Smokinghemds grub. Schmal und ruhig umschloß Marilenas Hand das Nußbaumholz des Griffstücks. Ich zweifelte nicht daran, daß ihr Finger am Abzug lag.

Von diesem Moment an traute ich ihr einfach alles zu.

Auch den Irrsinn, jetzt abzudrücken.

Vielleicht hatte Marilena zuviel getrunken. Immerhin liefen die Woodland-Feierlichkeiten seit elf Uhr an diesem warmen Junimorgen. Da mußte der Champagner bereits hektoliterweise geflossen sein.

Marilena Guzzos Handeln entbehrte jeglicher Logik.

Möglich jedoch, daß sie sich genau darin gefiel. Möglich, daß sie in die New Yorker Kriminalgeschichte als eine der wenigen Frauen eingehen wollte, die im Mob jemals eine Rolle gespielt hatten.

... war Marilena Guzzo an der Seite ihres berühmten Ehemanns Lenny eine exzentrische und unberechenbare Frau. So wie sie es liebte, mit Männern zu spielen, fand sie einen geradezu selbstzerstörerischen Gefallen daran, die These von der mangelhaften weiblichen Logik zu untermauern. Ihre innere Zerrissenheit und ihre äußerliche Widersprüchlichkeit erreichten den Gipfel, als sie bei der Einweihung des Sportzentrums ›Woodland‹ in Queens, New York, den FBI-Agenten Jerry Cotton auf der Tanzfläche erschoß.
Marilena Guzzo war die erste Frau, die seit der Wiedereinführung der Todesstrafe im Bundesstaat New York hingerichtet wurde. Ihre Geschichte wurde zur Legende. In den Reihen des Mobs wird sie noch heute als eine Märtyrerin gefeiert, die ihrem Mann einen Gefallen tun wollte und genau dies ohne Rücksicht auf ihr eigenes Leben tat.

So oder ähnlich stellte sie sich wohl die Zeitungsartikel vor, mit denen die Nachwelt über sie informiert werden sollte.

Urplötzlich stieß sie ein schrilles Lachen aus, und ich spürte den Ruck, mit dem sie meinen Dienstrevolver zurück ins Gürtelholster steckte.

Die Tanzpaare in unserer Umgebung wandten sich erstaunt zu uns um. Die meisten lächelten mild, als sie sahen, was Sache war. Marilena als Quelle der überschwenglichen Heiterkeit war nichts Außergewöhnliches. Niemand wunderte sich über diese Lady, die offenbar bei jeder Gelegenheit glaubte, ihrem Ruf etwas schuldig zu sein. Und alle schienen froh zu sein, daß es diesmal bei einem Gelächter blieb, wenn auch auffällig. Wie immer.

Die Tanzkapelle ließ mir keine Zeit, Marilena die Meinung zu sagen. Auf der großen, girlandenumkränzten Bühne an der Stirnseite der Sporthalle endete der Slowfox und ging in einen Tusch über.

»Ladies and Gentlemen!« erscholl die Stimme des Bandleaders über die Lautsprecheranlage. »Der große Augenblick ist gekommen! Nebenan, in der Schwimmhalle, erwartet Sie nun die Attraktion des Abends! Das Wasserballett ist bereit für seine Vorführung! Im Namen der Veranstalter darf ich Sie bitten, sich an den Ort des Geschehens zu begeben. Bitte benutzen sie die Durchgänge, die mit den Buchstaben A, B und C gekennzeichnet sind!«

Marilena löste sich von mir und warf sich die Stola um den Hals. In ihrem Gesicht lag ein Ausdruck des Triumphs, als sie mich kurzerhand stehenließ und im Gedränge verschwand.

Unauffällig tastete ich nach meinem 38er.

Er war an seinem Platz.

Hölle und Teufel, ich hatte ihren Taschendieb-Trick nicht mal mitgekriegt! Doch geträumt hatte ich es bestimmt nicht.

Eine Hand klopfte auf meine Schulter.

»Mach dir nichts draus, Alter«, sagte die Stimme, die zu der Hand gehörte.

Ich sah meinen Freund und Kollegen an, während wir gemeinsam im Gedränge der festlich Gekleideten losschoben. »Sag bloß, du hast es mitgekriegt«, staunte ich.

»Na klar.« Er grinste. »Wenn *ich* nicht auf dich aufpasse, wer denn dann?«

Ich richtete die Augen gen Himmel. Gegen so ein Argument hatte ich nun wirklich nichts mehr auf Lager.

Das Apartment lag im vierten Stock eines Backsteinhauses an der Barnett Avenue in Woodside, Queens. Schräg gegenüber, an der Ecke 56th Street, erstrahlte das neue Sportzentrum in seinem Lichterglanz. Bertrand Oprescu hatte das Apartment schon vor einem Jahr gemietet, als mit dem Bau des ›Woodland‹ begonnen worden war.

Damals hatte er nicht vorhersehen können, daß die Krönung seiner Aktion an einem Freitag, dem dreizehnten, stattfinden würde.

Es war ein wunderschöner Zufall.

Oprescu konnte sich darüber freuen wie ein Kind. Immer wieder mußte er lachen, während er gemeinsam mit John Evans am Fenster saß, im dunklen Wohnzimmer des vollständig eingerichteten Apartments.

Oprescu war ein großer, hagerer Mann. Das schwarze Haar und die Ringe unter den dunklen Augen verliehen ihm ein düsteres Aussehen. Seine Eltern waren aus Rumänien eingewandert. Das war vor drei Jahrzehnten gewesen. Oprescu, heute dreiunddreißig Jahre alt, gestattete guten Freunden, ihn ›Dracula‹ zu nennen.

Da drüben, in ihrem Sportpalast, hielten sie diesen Freitag für einen Festtag. Dazu hatten sie ihn ja aus eigner Machtvollkommenheit gemacht. Man freute sich auf die Zeitungen und die lokalen Fernsehnachrichten von morgen. In den Berichten würde man zumindest erwähnt werden. Das war dann wieder einmal eine nette Bestätigung dafür, daß man Rang und Namen hatte. Und wenn man dann noch von einer Kameralinse festgehalten wurde, ja, dann durfte man sicher sein, daß die Öffentlichkeit einen zu den wirklich wichtigen Zeitgenossen zählte.

»Wenn die wüßten!« murmelte John Evans zum zehntenmal an diesem Abend. Er ließ das Fernglas sinken, schüttelte den Kopf und kicherte leise. Er trug Kopfhörer, deren Ohrteile aus weichem, gelbem Schaumstoff bestanden. Dadurch konnte er sowohl das hören, was der Funkempfänger übertrug, als auch das, was in seiner unmittelbaren Umgebung geredet wurde.

Evans war ein unauffälliger, zuverlässiger Mann. Ein simples Gemüt. Oprescu arbeitete gern mit ihm zusammen. Im Grunde waren sie ein Team, seit sie sich auf Joe Parisis Seite gestellt hatten – gegen Lenny Guzzo.

Joe ließ Lenny nach wie vor in dem Glauben, sein Unterboss zu sein.

Wer einen solchen Eiertanz wagte wie Joe, und das nun schon seit über einem Jahr, der brauchte Männer, auf die er zählen konnte. Und Joe Parisi gehörte die Zukunft. Bei ihm stand das Geschäft an erster Stelle. Er zahlte höhere Gewinnanteile aus, und er ließ sich nicht von einem verrückten Weib wie Marilena zum Clown machen.

Joseph ›Joe‹ Parisi war der kommende Mann.

Daran gab es für Bertrand Oprescu, John Evans und etliche andere nicht den geringsten Zweifel. Erst gestern abend hatten sie es bewiesen. Daran änderte auch die Tatsache nichts, daß das Ende der Aktion miserabel gelaufen war. Unter dem Strich hatte Joe Parisis Mannschaft bewiesen, zu was für Leistungen sie fähig war.

Und genau deshalb hatte das Sportzentrum ›Woodland‹ eine besondere Bedeutung für Joe und seine Getreuen.

Lenny Guzzo hielt es indessen für sein alleiniges Prestige-Objekt. Er ahnte nicht, wie weit Joe Parisi seine Machtposition in den verschiedenen Gewerkschaften bereits gefestigt hatte. Dazu gehörte auch und vor allem die Baugewerkschaft.

Dank dieser Tatsache war es ein Kinderspiel gewesen, die Wände in einem bestimmten Bereich des ›Woodland‹ zu bepflanzen, ohne daß es einer von Lennys Gefolgsleuten mitkriegte.

Natürlich hielt Lenny sich für außerordentlich schlau, wenn er ausgerechnet in den Funktionsräumen des Sportzentrums seinen neuen Social Club einrichtete. Direkt unter den Augen der Stadtverwaltung, so kalkulierte er, *konnte* die Öffentlichkeit so einen Club ja nur für eine legale Sache halten.

Er ahnte nicht, daß er in seinen schönen neuen Clubräumen von Wanzen eingekesselt war.

Und es war durchaus möglich, daß auch der FBI die Gelegenheit genutzt und sein eigenes Kontingent an Wanzen in die Wände gepflanzt hatte.

Lenny war für die einfachsten Gefahren blind geworden.

Er gierte danach, in der Öffentlichkeit als honoriger Geschäftsmann dazustehen. Das war ihm wichtiger geworden als alles andere. Marilena, das Superweib, hatte ihn zu einem geltungsbedürftigen, publicitygeilen Burschen gemacht. Zwanzig Monate war er jetzt mit ihr zusammen, und er hörte mehr auf sie als auf seine engsten Freunde und Verbündeten.

Lenny war praktisch nicht mehr tragbar.

Allein deshalb befand sich Joe Parisi auf dem richtigen Weg. Er hatte die Zeichen der Zeit früh genug erkannt. Wer mit Lenny Guzzo in einem Boot saß, würde früher oder später untergehen.

Wahrscheinlich früher.

Bertrand Oprescu betrachtete das elektronische Spielzeug. Säuberlich sortiert stand es auf dem kleinen Beistelltisch zwischen seinem und John Evans' Sessel. Der Empfänger, der Verstärker, der Lautsprecher und der Recorder waren die Herzstücke der Ausrüstung. Zwei Handys gehörten außerdem dazu und

– nur für diesen Abend – ein spezielles Funkgerät von der Größe eines Walkie-talkies.

»Mann, wenn die wüßten!« sagte John Evans zum elftenmal und kicherte.

Bertrand Oprescu stimmte lachend in die Vorfreude seines Komplizen ein. Es war schon ein erhebendes Gefühl, sich vom stillen Beobachter zum unsichtbaren Herren des Geschehens aufzuschwingen.

Alle Vorbereitungen waren getroffen, und es würde passieren.

Es war nur noch eine Frage der Zeit.

»Noch ein Bud?« erkundigte sich Oprescu. Er sammelte das Leergut ein und stand auf. Auf Evans' erfreutes Zustimmen holte er zwei neue Dosen alkoholarmes Budweiser aus dem Kühlschrank.

Als er ins dunkle Wohnzimmer zurückkehrte, hob Evans die Hand. *Es geht los,* hieß das. Er hatte den Lautsprecher und den Recorder eingeschaltet und rückte die Kopfhörer zurecht.

Aus dem Lautsprecher war vorerst nichts weiter zu hören als Rauschen und Gemurmel.

»Ich hab Lennys Stimme gehört«, wisperte Evans andächtig. Er nahm die Bierdose entgegen, klemmte sie zwischen die Knie und zupfte eine Zigarette aus der Packung, die ihm sein Komplize hinhielt.

Oprescu versorgte ihn und sich selbst mit Feuer. Gespannt, ohne etwas zu erwidern, ließ er sich in den Sessel sinken. Mit den Kopfhörern kriegte Evans noch etwas besser mit, was drüben lief. Außerdem hatte er ein hervorragendes Gehör. Wenn er mitteilte, Lennys Stimme identifiziert zu haben, konnte man sich darauf verlassen.

Mr. Guzzo betrat also gerade seine neuen Clubräume.

Das Gemurmel blieb zurück.

Eine Tür fiel zu, und es wurde ausgesperrt.

Schritte nährten sich dem Minisender, der sich drüben aktiviert hatte. Schwere Schritte, begleitet vom Gestöckel hochhackiger Damenschuhe. Lenny und seine Lady gaben sich die Ehre.

Oprescu richtete die Augenbrauen steil auf, wechsele einen bedeutungsvollen Blick mit Evans.

»Hier sind wir ungestört«, sagte Lenny Guzzo. Es klang grob. Das Rauschen des Lautsprechers hatte nachgelassen. Oprescu und Evans strahlten. Oprescu streckte den rechten Arm aus, ballte die Hand zur Faust und reckte den Daumen hoch. Evans erwiderte das Erfolgszeichen.

»Muß das denn sein?« erwiderte Marilena unwillig. Ihr war anzuhören, daß sie sich in ihrer Haut nicht wohl fühlte.

»Ja, verdammt, es muß sein!«

»Lenny! Laß das! Du tust mir weh!« Marilena wimmerte wie ein hilfloses kleines Mädchen.

Dabei wußten die beiden Zuhörer, daß sie alles andere als hilflos war. Und mit einem kleinen Mädchen hatte sie auch nicht das geringste gemein. Bertrand Oprescu und John Evans grinsten sich an.

»Was sollte das mit Cotton?« fauchte Lenny Guzzo. »Fängst du jetzt an zu spinnen – oder was?«

»Ich kann tanzen, mit wem ich will.«

»Kannst du nicht.«

»Kann ich doch.« Deutlich war zu hören, wie sie mit dem Fuß aufstampfte.

Lennys Stimme senkte sich zu einem Zischen. »Ich warne dich! Wenn wir jetzt allein wären, würde ich dir eine runterhauen.«

»Lenny!« Sie schluchzte, verlegte sich offenbar auf eine neue Taktik. »Sei doch nicht so gemein zu mir! Ich hab doch nichts Böses getan. Ich wollte Cotton doch nur aushorchen. Für dich!«

»Aushorchen!« Er lachte prustend. »Wir spielen

hier nicht Cowboy und Indianer, Kleines. Die rauhe Wirklichkeit funktioniert ein bißchen anders, als du es dir zurechtbastelst. Kapiert?«

»Ja, Lenny.«

»Da bin ich mir aber nicht so sicher. Du siehst noch ziemlich begriffsstutzig aus. Also hämmere es dir noch mal in deinen süßen kleinen Schädel: Ich darf nicht mit FBI-Bullen tanzen. Sprich mir nach: Ich darf nicht mit FBI-Bullen tanzen!«

»Ich darf nicht mit FBI-Bullen tanzen«, wiederholte Marilena folgsam.

Die Zuhörer am Funkempfänger lachten glucksend.

»Und was noch viel wichtiger ist: Ich darf FBI-Bullen nicht aufgeilen. Wiederhole!«

»Ich darf FBI-Bullen nicht aufgeilen.«

»Na also. Hoffentlich bleibt das wenigstens für die Dauer des heutigen Abends hängen.«

»Ich verspreche es dir, Lenny. Ich schwöre es.«

»Das hoffe ich in deinem Interesse, Baby. Wenn ich mich noch mal über dich ärgern muß, verbringst du den Rest des Abends im Hospital – und die nächste Woche auch.«

»Lenny, Darling, was ist denn los mit dir?« Marilena schnurrte wie eine läufige Tigerin. »Warum bist du denn bloß so gereizt?«

»Das fragst du? Denk mal nach!«

»Da komme ich bestimmt nicht drauf. Also klär mich auf.«

»Worüber sollte man *dich* denn noch aufklären?« Lenny lachte rumpelnd.

»Du weißt, wie ich es meine.«

»Okay, okay. Also, du kommst nicht drauf, was?« Lenny holte schnaufend Luft. »Hast du Mike im Laufe der letzten halben Stunde schon mal gesehen? Hast du ihn heute überhaupt schon mal irgendwann gesehen?«

»Nein. Aber ich habe auch nicht auf ihn geachtet. Ich habe ihn auch nicht gesucht.«

»Klar«, knurrte Lenny. »Und wenn du ihn suchen würdest, Baby, dann würdest du ihn nicht finden. Begriffen? Weißt du, was das bedeuten kann?«

»Hm – das ist es also, was dir Sorgen bereitet?«

»Donnerwetter! Ich staune, wie schnell du das gepackt hast.« Lenny schnaufte erneut. »Verdammt, ja! Ich mache mir Sorgen um Mike.«

Opresu und Evans sahen sich an.

Und brachen in schallendes Gelächter aus.

»Darling«, ließ sich Marilena erneut vernehmen, »ich glaube, wir müssen wieder raus. Das Wasserballett kann doch nicht ohne dich anfangen.«

»Wird es auch nicht«, brummte er. »Bevor ich nicht da bin, *fangen* sie nicht an. Bemerkst du den feinen Unterschied?«

»Ja, Darling«, hauchte Marilena ergeben.

Geräusche, die nach Keuchen und Küssen klangen, ließen vermuten, daß sie Lenny mit Hilfe ihrer weiblichen Waffen besänftigte.

John Evans kicherte. Er konnte nicht mehr aufhören damit.

»Ich mache mir Sorgen um Mike«, imitierte er Lenny Guzzo und krähte dabei wie Woody Woodpecker, der Specht aus der Kindersendung. Er keuchte in seiner Heiterkeit. »Mann, Dracula, hast du das gehört? Der arme Lenny macht sich Sorgen um den armen Mike!« Bertrand Opresu konnte nicht anders, er mußte wiehern. Einerseits über seinen Kumpel John, andererseits über Lenny Guzzo. Dessen Ahnungslosigkeit war wirklich herzerfrischend.

Der Lautsprecher blieb still. Die Minisender hatten sich deaktiviert. Die Dinger entsprachen dem neuesten Stand der Technik. Daran würde man noch viele Jahre seine helle Freude haben.

John Evans beruhigte sich und schaltete Lautsprecher und Recorder aus.

Oprescu drückte die Zigarette aus, nahm das Handy seines Komplizen und wählte die Nummer des ›Allegheny Social Clubs‹, in dem sich Joe Parisi an diesem Abend aufhielt. Das war in Little Italy, Manhattan, an der Grand Street. Es gab dort unten noch ein paar alte sizilianische Gentlemen, die die Traditionen ihrer Heimat pflegten. Sie verstanden sich vor allem auch als Bollwerk gegen das überbordende Chinatown, den asiatischen Moloch, der seine Nachbarn fraß. Little Italy an erster Stelle.

Die Gentlemen schätzten strebsame junge Männer.

Deshalb war Joseph Parisi bei ihnen ein gern gesehener Gast. Er akzeptierte es, daß er mit seinen neunundvierzig Jahren für sie noch ein junger Bursche war. Nicht unbedingt ein Greenhorn, aber eben doch – jung.

Joe schätzte seinerseits die Ratschläge der weisen Alten. Sie würden ihm auf seinem Weg nach oben helfen.

Ein Angestellter des Clubs meldete sich mit dem üblichen unverbindlichen »Hallo«.

»Gib mir mal den Meister aller Klassen«, verlangte Oprescu. Es war zugleich ein Code; damit gab er sich selbst zu erkennen und benannte auch den, den er sprechen wollte.

Es knackte ein paarmal in der Leitung. Das Gespräch wurde in ein Zimmer umgelegt, in dem Joe Parisi ungestört war. Der Allegheny Club galt überdies als wanzenfrei. Allerdings mußte man sich dabei auf die derzeit verfügbare Technik verlassen.

»Wie sieht's aus?« erkundigte sich Parisi statt einer Begrüßung.

»Er macht sich Sorgen«, sagte Oprescu.

»Wegen seines verlorengegangenen Freundes?«

»Genau das.« Oprescu lachte leise. Er sah Joe vor seinem geistigen Auge, wie er in einem der alten Plüschsessel saß und schmunzelte.

Joe Parisi war ein Schrank von einem Kerl – breitschultrig, groß und knochig. Mit seinem dunklen Haar und dem Vollbart wirkte er irgendwie einschüchternd. Das war beabsichtigt. Sein Fußvolk sollte ihn nicht lieben, sondern Respekt vor ihm haben.

Mike Fontana, einer von Lenny Guzzos Unterbossen, hatte schon immer zu Joe Parisis verbissensten Konkurrenten gehört. Im Laufe des zurückliegenden Jahres waren sie zu Feinden geworden, ohne daß es allerdings jemals offen ausgesprochen worden wäre.

»Wie hat sich das geäußert?« wollte Joe wissen.

»Wir haben ihn und seine bessere Hälfte belauscht. Er hat ihr was vorgejammert, weil jetzt gleich die große Vorführung kommt und sein Kumpel noch immer nicht da ist.«

»Na, fein«, freute sich Joe Parisi. »Gelungene Überraschungen sind die schönsten Überraschungen. Haltet mich auf dem laufenden. Und seht zu, daß es nicht wieder so eine Katastrophe gibt wie gestern abend.«

Oprescu versprach es und schaltete das Handy aus.

Jetzt konnte es sich nur noch um Minuten handeln.

Dann würden sie was erleben.

Drüben im Sportzentrum.

Die Luft roch nach Chlor und Urwaldfrische. Ersteres lag eindeutig an dem aufbereiteten Wasser. Durch die Fliesen erhielt es einen himmelblauen Glanz. Letzteres rührte von den Dschungelpflanzen her, die wirkungsvoll unter den teilverglasten Kuppeldächern aufragten.

Die festliche gekleideten Gäste verteilten sich auf

die Trockenflächen des Bades. Es war eine Mischung zwischen Sportarena und Erlebnisbad, zwischen Hallenbad und Troparium. Die Wasserflächen verzweigten und verwinkelten sich; sogar Kaskaden rauschten in einigen der Verbindungsbäche. Unter Palmen und großblättrigen Philodendren gab es lauschige Sitzecken. Mittelpunkt aber war das große Schwimmbecken, dessen Abmessungen den internationalen Wettkampfrichtlinien entsprachen.

Phil und ich ergatterten einen Tribünenplatz an der einen Längsseite des Beckens. Erwartungsfrohes Stimmengewirr umgab uns, und edle Parfüms femininer Duftnoten hüllten uns ebenso ein wie die herberen maskulinen Kreationen.

Die meisten Besucher hatten ihre Champagnergläser mitgebracht. Nur geraucht werden durfte in dem Wasser-Glas-Palast nicht. Die Leute in unserer unmittelbaren Umgebung, so folgerten Phil und ich aus den Gesprächen, waren leitende Angestellte der Bezirksverwaltung von Queens. Weiter unten saßen Mitglieder des Stadtrats.

Alle hatten nur das eine Thema.

Wir hörten die Gesprächsfetzen.

»Bestimmt hält er jetzt eine Rede.«

»Aber er hat doch schon heute morgen gesprochen.«

»Lenny ist nicht der Typ, der im Hintergrund bleibt.«

»Wenigstens hier im Schwimmband muß er ein paar Takte sagen.«

»Da kennst du aber Lenny schlecht. Der macht, was er will. Immer. Und meistens ist es das, was keiner erwartet.«

»Er kann es sich leisten.«

»Wer so viel für die Allgemeinheit tut, braucht sich nicht zu verstecken.«

Phil und ich sahen uns an. Keine der schmuckbehängten Ladys und keiner der Gents mit Smokingfliege kannten uns. Doch wenn es anders gewesen wäre, hätten sie vermutlich genauso drauflos geredet. Man mußte sich nicht zurückhalten, was Lenny Guzzo betraf. Im Gegenteil. Ihn zu kennen, war bereits eine Zier. Ihn so gut zu kennen, daß man ihn ›Lenny‹ nannte, wenn man von ihm sprach, hatte den Hauch einer persönlichen Auszeichnung.

Ein Mobster hielt Hof.

Das hatte es in New York zuletzt neunzehnhunderteinundneunzig gegeben. Bei John Gotti, bevor er lebenslänglich ins Gefängnis gesteckt wurde. Gotti galt als der zweite Al Capone, als der zweitgrößte amerikanische Mobster aller Zeiten.

Und Lenny Guzzo wollte werden wie Gotti.

Mindestens.

An der Schmalseite des großen Beckens, hinter den Startblöcken, war ein Rednerpodium aufgebaut worden. Beiderseits des Podiums standen diejenigen, auf die es an diesem Abend ankam. Bekannte Gesichter. Ihr Bekanntheitsgrad entsprach der Häufigkeit, mit der sie auf Zeitungsfotos oder in den Lokalnachrichten der Fernsehsender erschienen.

Der Bezirksbürgermeister, seine beiden Stellvertreter, die Abteilungsleiter der Bezirksverwaltung, die Fraktionssprecher des Stadtrats, die gewählten Abgeordneten für Albany und Washington, D.C., sowie die Vorsitzenden und Trainer der Sportclubs, die ab sofort die Einrichtungen des ›Woodland‹ nutzen würden. Alle schmückten sich mit ihren besseren Ehehälften.

Die Hauptperson des Abends hatte zusätzlich noch vier Bodyguards dabei. Bullige Kerle, denen die Muskelpakete fast die Dinnerjacketts sprengten.

Lenny und Marilena Guzzo strahlten wie ein Herz und eine Seele. Lennys Leibwächter hatten das vermutlich angeordnete Lächeln aufgesetzt, doch es wirkte eher wie ein mühevolles Grinsen.

Nur ein paar Meter entfernt hatten die Ehrengäste eine Gasse freigelassen. Sie führte direkt auf einen offenen Durchgang zu, hinter dem jedoch in einiger Entfernung ein weißer Vorhang den Blick auf die dortigen Räume versperrte.

Die Pressefotografen und die Kameraleute des Fernsehens waren vorläufig auf ihre Teleobjektive angewiesen, denn sie mußten an der gegenüberliegenden Schmalseite des Beckens ausharren. Erst später, nach dem Wasserballett, würden sie den großzügigen Lenny direkt vor die Linse bekommen.

Nicht zuletzt die Berichte der Medien waren es, die ihn in den Augen der Bevölkerung zu einer Art Robin Hood machten.

Offenbar wollte niemand begreifen, daß der Vergleich auf beiden Beinen hinkte. Lenny selbst war der Schweinehund, der sich an der Bevölkerung bereicherte – indem er ihnen Wucherzinsen abknöpfte, sie bei illegalen Spielen abzockte, sie in den Gewerkschaften maßregelte, Schutzgelder von den Kleingewerbetreibenden unter ihnen kassierte und ihre heranwachsenden Kinder zu Drogensüchtigen machte. Doch die Leute bewunderten Lenny. Sie, die sich selbst gern ›die kleinen Leute‹ nannten, blickten zu ihm auf, weil er früher mal genauso weit unten gewesen war wie sie selbst.

Er hatte eine Frau, um die ihn alle beneideten, und er sah blendend aus. Beileibe nicht so, wie man sich einen Gangster vorstellte. Dunkelhaarig, schlank und topfit. Lenny hatte das Äußere eines Hollywoodstars. In seinem Smoking und mit seinem strahlenden Lächeln machte er den Eindruck, als sei er auf direktem Weg von der Oskar-Verleihung zurück nach Queens gekommen.

Zeitungsleser und Fernsehzuschauer wußten, daß Lenny Guzzo erst zweiundvierzig Jahre alt war. Noch ein Grund, ihn zu bewundern. Er hatte sich also gegenüber etlichen älteren Mobstern durchgesetzt und den Spitzenplatz im Gambetta-Clan eingenommen.

»Fällt dir was auf?« fragte Phil halblaut, so daß nur ich es hören konnte.

»An wem?«

»An Lenny.«

Ich brauchte nicht lange zu überlegen, um zu wissen, was mein Freund und Kollege meinte. »Sein ständiger Begleiter fehlt, und darunter leidet er.« Ich sah Phil an. »Vielleicht denkt Lenny, Mike sei in der Garderobe hängengeblieben. Bei den Wasserbaletteusen. Das würde doch zu ihm passen.«

Phil lächelte hart. »Wie es aussieht, haben sie sich erst für den Abend verabredet. Lenny dürfte also tatsächlich ziemlich ahnungslos sein.«

»Stimmt«, erwiderte ich, »wenn er nicht doch Informationsquellen hat, von denen wir nichts wissen.« John D. High hatte über die Geschehnisse des gestrigen Abends eine absolute Nachrichtensperre verhängt. Es hatte nicht mal die Andeutung einer Presseverlautbarung gegeben. Auch das Police Department hatte sich daran gehalten.

Wahrscheinlich hatte Lenny Guzzo also nicht die leiseste Ahnung, wo sein Lieblings-Unterboss steckte. Zu weiteren Mutmaßungen über Guzzos Unterboss kamen wir nicht. Denn das Stimmengewirr verstummte, als hätte jemand einen Schalter betätigt.

Ralph J. Fitzgerald, der Vorsitzende des Schwimmclubs, trat ans Podium und rückte das Mikrofon zurecht. Er gehörte zu denen, die Lenny Guzzo in Interviews mit Lob und Dankbarkeit überschüttet hatten.

»Ladies and Gentlemen!« rief Fitzgerald feierlich. »Vielen Dank für Ihre Aufmerksamkeit! Doch keine Angst, ich werde Sie nicht mit einer Rede langweilen, wo Sie doch alle wissen, daß die große Attraktion des Abends unmittelbar bevorsteht. Deshalb gebe ich ohne großes Hin und Her das Startzeichen für unser Wasserballett – ›The Mermaids‹!«

Beifall setzte ein. Nebenan spielte die Band leise Begleitmusik, die durch Lautsprecher in die Schwimmhalle übertragen wurde.

Aus dem offenen Durchgang, der zu den Umkleideräumen führte, liefen die Girls in die Gasse.

Es wurde still, bis auf die Hintergrundmusik.

Die ›Mermaids‹ trugen bunte Bikinis. Alle waren so gut gewachsen, daß der männliche Teil des Publikums glänzende Augen bekam. Die Ladys auf den Zuschauerrängen wahrten vornehme Zurückhaltung. Der sportlich-künstlerische Teil der Darbietung würde genug bieten, wofür man sich auch als Frau begeistern konnte.

Die erste Bikininixe erreichte den Beckenrand zwischen zwei Startblöcken und tauchte mit elegantem, federleicht wirkendem Kopfsprung ins kristallblaue Naß.

Die anderen folgten in kurzen Abständen.

Die Blicke aus unmittelbarer Nähe zeigen unverhohlenes Lechzen. Ich bemerkte, wie Lenny Guzzos Bodyguards tuschelten, sich anstießen und feixten.

Einer von ihnen riß plötzlich den Mund auf. Ein stoppelhaariger Riesenkerl, der sich offenbar an den Rand eines Footballstadions versetzt fühlte, wo statt Champagner nur Bier strömte.

3

»Hey, Girls!« grölte er, daß es unter der Glaskuppel nachhallte. »Na los, zeigt eure Titten!«

Die Girls gerieten fast ins Stolpern.

Gegenseitig hielten sie sich fest, um nicht das Gleichgewicht zu verlieren. Ungläubig blickten sie in die Richtung, aus der die Unverschämtheit gekommen war. Doch sie überwanden sich und liefen weiter.

Jäher Schock stand in den Gesichtern der Zuschauer. Fassungslosigkeit breitete sich aus. Unter den männlichen Gästen gab es nur wenige, die sich ein Grinsen nicht verkneifen konnten. Lediglich die Musiker, nebenan, hatten noch nicht mitbekommen, daß die Situation eigentlich keine heitere Begleitmusik mehr verdiente.

Der Schwimmclub-Vorsitzende, noch auf dem Podium, mußte sich festhalten. Er sperrte den Mund auf, kriegte aber offenbar kein Wort heraus. Die übrigen Ehrengäste sahen nicht weniger entgeistert aus.

Natürlich kannte jeder die rauhen Sitten in den Stadien. Die Frauen unter den Fans wußten, daß sie dort in bestimmten Zonen mit der rüden Aufforderung zu rechnen hatten. Und, daß es durchaus Frauen gab, die ihren Spaß daran hatten.

Der Stoppelhaarige verstand den Unterschied zwischen hier und dort nicht. Er sah stolz aus. Wohl deshalb, weil es ihm gelungen war, die Bikininixen aus dem Takt zu bringen. Seine Leibwächter-Kollegen belohnten ihn mit einem anerkennenden Grinsen.

Doch alle anderen waren wie erstarrt.

Nur Lenny Guzzo bewegte sich.

Er löste sich von Marilena und drehte sich um.

Es war der Moment, in dem sich der Stoppelhaarige zu neuen Taten ermuntert fühlte. Was da in bunten

Oberteilen vorbeiwippte, konnte er einfach nicht kommentarlos entschwinden lassen.

Diesmal trompetete er, daß es auch die hintersten Publikumsreihen mitbekamen.

»Hey, ihr Süßen! Na los, zeigt eure Titten!«

Diesmal war der Schock total.

Selbst die Band setzte aus.

Die Bikinimädchen schienen stehenbleiben zu wollen, schienen zu überlegen, ob sie wegen der Unverschämtheit den kompletten Auftritt abbrechen sollten. Doch sie liefen weiter, tauchten ins Wasser und wahrten ihre Eleganz.

Unterdessen war Lenny Guzzo mit zwei schnellen Schritten bei dem Kerl, der ihn vor aller Öffentlichkeit lächerlich machte.

Möglich, daß die Öffentlichkeit es sogar so betrachtete, wie es ihm am allerwenigsten gefiel: Diese Leibwächter, mit denen er sich umgab, zeigten allzu deutlich, woher er kam und wer er wirklich war.

Die Ehrengäste wichen zur Seite.

»Lenny!« rief Marilena. »Nun hör doch ...«

Zu spät.

Es klatschte und krachte.

Viermal hintereinander schlug Lenny zu.

Dem Stoppelhaarigen fiel das Grinsen aus dem Gesicht.

Er sackte in sich zusammen, ohne noch einen Laut von sich zu geben. Mit einer herrischen Geste veranlaßte Lenny Guzzo die übrigen Bodyguards, den Mann hinauszuschaffen. Sie gehorchten sofort, packten den Bewußtlosen und schleiften ihn auf einen Durchgang zu.

Lenny rieb sich die Handknöchel und nickte den Umstehenden zu. Es war eine eher hochmütige Geste. Er bat nicht etwa um Verzeihung. Vielmehr hatte er klargemacht, wie man in seinen Kreisen ungehöriges

Verhalten ahndete. Das, so meinte Lenny Guzzo, brachte ihm den meisten Respekt ein.

Ich wußte es, denn ich kannte ihn. Eine andere Denkweise hatte er nie gelernt. Er konnte noch so viele Millionen spenden und stiften, er würde nie zu denen gehören, in deren Mitte er sich hier wohl zu fühlen versuchte. Und sie würden ihn fallen lassen wie eine heiße Kartoffel, wenn er eines Tages seine Macht und sein Geld verlor. Entweder hatte er die Hollywoodschinken zu eben diesem Thema noch nicht gesehen, oder er glaubte ernsthaft, daß die ungeschriebenen Gesetze des menschlichen Miteinanders für ihn nicht galten.

Die letzten Bikinigirls waren inzwischen vorbeigelaufen und ins Wasser gesprungen. Das Team war vollständig. Mit zielstrebigen Schwimmzügen formierten sich die Girls, und das Wasser schlug glitzernde kleine Wellen wie flüssiges Kristall.

Ralph J. Fitzgerald versuchte, die Situation ins Lot zu bringen. Er schaltete das Mikrofon wieder ein. Betont fröhlich rief er: »Ladies and Gentlemen, wie Sie sehen, haben unsere ›Mermaids‹ inzwischen ihr ureigenes Element erreicht – das Wasser! Und wo könnte es besseres und klareres Wasser geben als hier bei uns – im ›Woodland‹!« Beifall brandete auf. Fitzgerald brachte ihn mit dämpfenden Handbewegungen wieder zum Verstummen. »Liebe Gäste, ich darf jetzt ausdrücklich den Mann aufs Podium bitten, dem wir das großartige neue Sportzentrum zu verdanken haben – Mr. Leonard Guzzo!«

Diesmal wuchs der Beifall zum Donnern an.

Lenny wirkte besänftigt. Lächelte.

Marilena blickte zu ihm auf und lächelte ebenfalls.

Ich stieß Phil an.

Mein Freund und Kollege nickte.

Er wußte, was ich dachte. Wir arbeiteten lange

genug zusammen. Wir vermochten unsere Einschätzungen bestimmter Situationen gegenseitig zu erkennen, ohne dafür Worte brauchen zu müssen. In diesem Fall ging es um das Verhältnis der Menschen zu diesem Mann, der sich aus der Rolle des Mobsters in die des Publikumslieblings zu katapultieren versuchte.

Ralph J. Fitzgerald hatte es höflich formuliert. Man verdankte dem ehrenwerten Mr. Guzzo derart viel, daß man ihm einfach nicht böse sein durfte. Was konnte er schließlich dafür, wenn einer seiner Untergebenen den Bikinigirls zotige Sprüche hinterhergrölte?

Gemessen an dem schönen neuen Sportzentrum war das eine Bagatelle, die man getrost vergessen konnte. Ohne Gewissensbisse. Das funktionierte ganz einfach. Man brauchte nur daran zu glauben, daß Lenny Guzzo wirklich das war, was er der Welt vorspielte. Der hochanständige Multimillionär, der sich seiner Verantwortung für die Allgemeinheit bewußt war. Einer, der den Menschen das Gefühl gab, daß er sie an seinen geschäftlichen Erfolgen teilhaben ließ.

Phil sah es genauso wie ich. Wenn es uns demnächst gelingen sollte, Lenny wegen seiner Verbrechen vor Gericht zu bringen, würden wir vom FBI eine verdammt schlechte Publicity haben. Dann würden wir als die bösen Jungs dastehen, die den Wohltäter Leonard Guzzo daran hinderten, weiter Gutes zu tun.

So war es mit John Gotti bereits gelaufen. Noch heute gab es Bürgerinitiativen in New York, die Gottis Freilassung forderten. Allen Ernstes.

Nachdem Lenny das Podium betreten hatte, verstummte der Beifall und wich gespannter Erwartung.

»Ich will keine großen Worte machen«, sagte er mit einer knappen Handbewegung. »Was gesagt werden mußte, ist ja alles schon heute vormittag gesagt worden. Jetzt steht unser großartiges Wasserballett im Vordergrund! Also – Start frei für die ›Mermaids‹!«

Erneut klatschten die Zuschauer, doch diesmal wurde es rasch wieder still. Denn Musik vom Band setzte ein, und schon bei den ersten Takten wurde deutlich, daß auch die Tontechnik des ›Woodland‹ zur Spitzenklasse gehörte. Lenny Guzzo hatte dafür gesorgt, daß an nichts gespart werden mußte.

Während die ersten sanften Klänge eines Symphonie-Orchesters aus dem Nichts hereinschwebten, hob Lenny die rechte Hand und bewegte sie ein paarmal hin und her. Eine sparsame Geste, etwa so, wie sie die europäischen Monarchen praktizierten, wenn ihnen ihr Volk zujubelte.

Graziös und elegant glitten die ›Mermaids‹ durch das flimmernde Wasser. Das scheinbare Durcheinander, das sie verursachten, erzeugte sprudelnde Wasserblasen.

Die Klänge aus der Superstereoanlage entpuppten sich als Teil einer Ballettmusik aus der Oper ›Orpheus‹ von Christoph Willibald Gluck.

Das Chaos der Nixen begann sich zu ordnen. Fotografen und Kameraleute kämpften noch um die besten Plätze am Beckenrand. Doch die ersten Elektronenblitze zuckten bereits auf, erzeugten flächiges Gleißen auf dem Wasser. Einer der Fotografen benutzte statt seiner Kameras ein Handy. Das Gerangel der Zeitungs- und Fernsehleute wirkte störend. Über kurz oder lang würde einer von ihnen ins Wasser stolpern und die Show vollends zerstören. Als interessierter Zuschauer hätte ich mich gern voll auf die ›Mermaids‹ konzentriert.

Aus dem vermeintlichen Chaos ihrer Schwimmbewegungen formte sich nun das vollkommene Bild.

Großbuchstaben.

»O verdammt!« hörte ich Phils Murmeln neben mir.

Ich hatte das Gefühl, daß sich mein Magen auf den Kopf stellte. Was zuviel war, war einfach zuviel. Der Personenkult, den sie hier in Queens um einen Gangster trieben, überstieg langsam die Grenzen des guten Geschmacks.

Phil hielt mich am Arm fest. Er merkte, daß ich drauf und dran war, aufzuspringen. Wahrscheinlich hätte ich es auch getan, wenn er mich nicht gebremst hätte. Hölle und Teufel, ich hätte dieser Veranstaltung ein vorzeitiges Ende bereitet! Ohne Rücksicht darauf, was für Schlagzeilen uns das eingebracht hätte.

Denn die Buchstaben, zu denen sich die ›Mermaids‹ formiert hatten, bildeten den ebenmäßigen Schriftzug:

THANK YOU, LENNY!

John Evans hatte einen anderen Minisender im Empfänger. Die Wanze saß in einer Innenwand, die unmittelbar an die Schwimmhalle grenzte. Der Lautsprecher war eingeschaltet. Bertrand Oprescu hatte sich bereits über die gute Übertragungsqualität gefreut, als Lenny Guzzo dem Wasserballett das Startsignal gegeben hatte.

Auch die Ballettmusik war gut zu hören.

Oprescu drückte seine Zigarette aus.

Evans spähte noch einmal durch das Fernglas. Nach einem kurzen Moment ließ er es wieder sinken.

»Das Becken kann ich zwar nicht sehen«, berichtete er. »Aber sie sitzen alle ganz andächtig da. Scheint also losgegangen zu sein.«

Ein vielstimmiges Raunen drang aus dem Lautsprecher. Es übertönte die Ballettmusik für einen Moment.

Oprescu nickte. »Hört sich ganz so an.« Er nahm das Funkgerät, zog die Antenne heraus und schaltete es ein. Ein Akku lieferte die Energie, die für die Fernzündung erforderlich war. Das Gerät wurde in gleicher Bauweise von den Pioniereinheiten der US Army verwendet. Oprescu checkte die Stromversorgung mit der dafür vorgesehenen Taste. Ein grünes Kontrolllämpchen leuchtete auf. Der Akku war absolut frisch.

Oprescu stellte das Gerät zurück auf den Tisch.

Im selben Moment schlug das Handy an.

»Siehst du!« rief Evans begeistert. »Es geht tatsächlich . . .«

Oprescu brachte ihn mit einer Handbewegung zum Verstummen. Er brauchte nicht noch eine Bestätigung dafür, daß der entscheidende Moment gekommen war. Während er sich meldete, sonnte er sich in der Gewißheit, alles richtig gemacht zu haben. Das Handy war nicht sein eigenes. So hatte er es immer gehalten, und er war stets gut damit gefahren.

Schmatzende und klickende Geräusche von motorgetriebenen Kameras drangen als erstes aus der kleinen Lautsprechermembran am Ohr des Rumänen. Er wußte, es waren die Pressefotografen.

Der Mann am anderen Ende der drahtlosen Verbindung sagte nur ein einziges Wort. »Jetzt!«

So und nicht anders war es vereinbart.

Oprescu drückte auf die Trenntaste und legte das Handy weg.

Evans riß das Fernglas hoch.

Er richtete es auf die große Glaskuppel der Schwimmhalle.

Oprescu legte Zeigefinger und Mittelfinger auf den großen Kipphebel des Funkzündgeräts.

»Jetzt paß auf«, sagte er knapp.

Evans' Fingerknöchel traten über dem Fernglas weiß hervor.

Oprescu legte den Kipphebel flach.

Sie lösten die Buchstabenformation auf. Mir wurde etwas wohler. Die Musik wechselte. Der Blumenwalzer aus ›Der Nußknacker‹, von Peter I. Tschaikowsky erklang. In ihrer quirligen Behendigkeit strebten die ›Mermaids‹ auseinander, um sich für ein neues Bild zu sammeln.

Ein lautes Klatschen war plötzlich zu hören.

Im ersten Moment glaubte ich, daß ein Fotograf oder ein Kameramann ins Wasser gefallen war.

Doch das Klatschen war ein Knall gewesen.

Im ersten Moment änderte sich nichts.

Die Zuschauer, ebenso wie die ›Mermaids‹, sahen sich verdutzt um. In dieser Sekunde begriff niemand, was geschehen war.

Doch dann ein Schrei.

»Da oben!«

Ich war sicher, daß es einer der Fotografen gewesen war, der da geschrien hatte.

»Sieh dir das an!« stieß Phil hervor.

Alle Blicke richteten sich zur Glaskuppel.

Atemloses Entsetzen breitete sich aus.

Ein Oberlicht war aufgeklappt.

Etwas Großes, Schwarzes segelte herab.

Die ›Mermaids‹ schrien vor Angst, als sie es sahen. In wilder Flucht versuchten sie, den Beckenrand zu erreichen.

Das Schwarze war schwer, fiel schnell.

Nur zu Anfang flatterte es mit fledermausartigen Seitenkanten, groß wie ein Türblatt. Dann, nach den ersten Metern freien Falls, wurde es von dem Schwarz eingehüllt.

Ein Laken.

Trauerfarben.

Wie das fallende Laken seine Last einhüllte, zeichnete es die Konturen eines menschlichen Körpers.

Schreie gellten. Die Nixen hatten den Beckenrand

fast erreicht. Immer mehr Schreie wurden laut. Jemand hatte die Stereoanlage ausgeschaltet.

Ich sprang auf, bemühte mich, außer dem Herabsausenden auch die Schar der Fotografen und Kameraleute im Auge zu behalten.

Ihr Gedränge und Geschiebe war schwer überschaubar. Jeder wollte das Sensationsbild von dem schwarzen Ding, das da ins Wasser fiel.

Diesmal kämpften sie mit harten Bandagen, hieben sich die Ellenbogen in die Seite, packten sich gegenseitig an den Schultern und rissen sich aus der Schußrichtung. Der Sekundenbruchteil, der ihnen blieb, ließ ihnen kaum noch Chancen. Nur wenige von ihnen würden das Sensationsfoto oder den Sensationsfilm in den Kasten kriegen.

Und einer hatte überhaupt kein Interesse daran.

Er wühlte sich frei, von dem Pulk weg.

Ich stutzte.

Er war mir schon einmal aufgefallen.

Im selben Moment klatschte das schwarze Riesenpaket ins Wasser. Es klang hell wie das Peitschen eines Gewehrschusses. Schäumendes Wasser stieg hoch.

Die Schreie der Bikinigirls überschlugen sich. In panischer Angst krabbelten sie die gerundete Fliesenkante hinauf. Die ersten sprangen am Beckenrand auf. Und rannten los. Irgendwohin. Eines der Mädchen warf sich einfach in die Zuschauerreihen.

Hinter den ›Mermaids‹ senkte sich die Gischtfontäne.

Durch den Aufschlag hatte ich das schwarze Laken ausgebreitet.

Für einen Moment, wie zögernd vor dem Untergehen, lag es mit seiner Last auf der Wasseroberfläche.

Ein Laut des Entsetzens lief durch das Tribünenrund, vor allem von den weiblichen Zuschauern.

Lenny Guzzo wurde kalkweiß im Gesicht.

Marilena schlug sich beide Hände vor den Mund.

Ralph J. Fitzgerald und der Rest der Honoratioren standen wie versteinert.

Auf dem Laken lag ein Mann.

Gefesselt.

Blutüberströmt.

Das Gesicht leblos und wächsern.

Die toten Augen starrten zur Glaskuppel empor.

Ich erkannte den Mann sofort.

Mike Fontana.

Der wichtigste Unterboss im Gambetta-Mob.

Er sank unter die Wasseroberfläche, und wieder hüllte ihn das Laken ein. Lenny Guzzo brüllte wie ein angeschossener Stier. Er schrie seinen Zorn und seinen Schmerz hinaus. Etwas anderes konnte er in diesem Augenblick seiner Ohnmacht nicht tun.

Mein Blick fiel wieder auf den Fotografen, der nicht fotografieren wollte.

Er war endgültig freigekommen, hatte schon vier, fünf Meter zurückgelegt. Der Fliesenweg, auf dem er lief, führte zu einem der Durchgänge. Buchstabe F.

Ich stieß Phil an. Und schon waren wir unterwegs. Raus aus der Sitzreihe, den Gang hinunter. Kopfschütteln und mißbilligende Blicke begleiteten uns.

Der Fotograf war blond und mittelgroß. Er trug eine dieser grauen Knitterjacken mit tausend Taschen. Wegen der vielen Kleinteile, die er berufsbedingt mit sich herumschleppen mußte.

Er merkte noch nicht, daß er verfolgt wurde.

Lenny Guzzo rief nach seinen Leibwächtern. Fitzgerald und die anderen zerrten ihre Handys heraus. Alle ›Mermaids‹ hatten das Becken inzwischen verlassen.

Die Leiche lag auf dem Fliesenboden – schwarz umrahmt.

Schwaden von Blut stiegen in dem kristallklaren Wasser auf.

Jemand hatte Guzzo treffen wollen, und das war voll gelungen. In der Hierarchie des Mobs spielen Unterbosse eine wichtige Rolle. Manche von ihnen steigen bis zur Nummer zwei auf. So auch Fontana. Er war praktisch Guzzos Stellvertreter gewesen.

Jemand hatte Lenny eines Teils seiner Macht beraubt.

Der blonde Fotograf hatte den Durchgang F erreicht. Verschwand darin.

Ich legte Tempo zu. Phil folgte mir dichtauf. Noch harrte das Publikum auf seinen Plätzen aus, noch war der Zeitpunkt für eine Panik nicht gekommen. Denn noch wußte niemand, was weiter geschehen würde. Blieb es bei dem vom Himmel gefallenen toten Unterboss? Oder war das nur der Auftakt zu einem noch größeren Paukenschlag gewesen?

Es war unglaublich: Zum zweitenmal hatte ich Mike Fontana ins Wasser fallen gesehen. Und schon beim erstenmal war er nicht mehr am Leben gewesen.

Wir umrundeten die Medienmeute, stürmten auf dem Fliesenweg voran. Durchgang F führte in einen hell erleuchteten, langgestreckten Korridor.

Die Schritte des Fliehenden hallten weit und laut.

Er hatte nur zwanzig Meter Vorsprung. Den Ausgang mit seinen breiten Glastüren hatte er schon fast erreicht. Der Korridor befand sich an der Außenseite des Gebäudes. In der Innenwand gab es eine Reihe von Türen, die zu den verschiedenen Funktionsräumen führten.

Unser Mann mußte sich entscheiden, welchen Weg er nehmen wollte.

Er tat es in dem Moment, in dem er unsere Schritte hörte.

Deutlich sah ich, wie er langsamer wurde und zu überlegen schien. Beim nächsten Atemzug, als er erschrocken den Kopf herumwarf und uns sah, sprintete er mit doppeltem Tempo los – auf die Glastüren zu.

Ich drehte mich nur kurz zu Phil um.

»Ruf den Chef an«, bat ich halblaut, dann spurtete ich ebenfalls.

Phil zog das Handy hervor und verlangsamte sein Tempo.

Vor mir stieß der Fotograf einen der gläsernen Türflügel auf und schnellte ins Freie. Die schwere Kamera klatschte ihm gegen den Bauch und behinderte ihn stark.

Aber er konnte sich von dem wertvollen Stück nicht trennen.

Ich holte auf.

Der Türflügel pendelte noch, als ich hinter dem Kerl her ins Freie stürmte.

Draußen erstreckte sich der Parkplatz – weitläufig, unter hohen Lampen und voll vom Lackglanz nobler Schlitten.

Der Vorsprung des Fliehenden war geschrumpft. Höchstens zehn Meter hatte er noch.

»Stehenbleiben!« rief ich schneidend. »FBI!«

Im Laufen zuckte er zusammen.

Ich sah es deutlich, bemerkte auch, wie er unschlüssig wurde. Und noch einmal beschleunigte ich. Noch war der Mann auf der Hauptfahrspur, in der Mitte zwischen den Reihen der parkenden Wagen.

Er versuchte, seine Chancen abzuwägen.

Ich folgerte es aus der Tatsache, daß er noch langsamer wurde. Selbst wenn er seinen Wagen erreichte, konnte er mir nicht mehr entkommen. Und er wußte, daß wir zu zweit waren. Phil würde in kürzester Zeit ebenfalls zur Stelle sein.

»Bleiben Sie stehen!« wiederholte ich. »Seien Sie vernünftig, Mann!« Ich brauchte meine Stimme nicht mal mehr anzustrengen, denn nun war ich schon auf fünf Meter heran. Er hätte mich nicht klarer und deutlicher gehört, wenn ich neben ihm gestanden hätte.

Und es wirkte.

Mit einem resignierenden Schnaufen gab er auf. Seine Schritte erschlafften, seine Schultern sackten. Als er sich umdrehte, sah er aus, als würde er jeden Moment in sich zusammensinken.

»Wieder mal alles Scheiße«, murmelte er niedergeschmettert.

Ich zeigte ihm meinen Dienstausweis, nannte meinen Namen. »Wer sind Sie?« fragte ich rauh. »Warum laufen Sie weg?«

»Ollie Charters«, antwortete er dumpf. »Freier Journalist. Bild und Text bei allen Gelegenheiten. Ständig verfügbar, da fast immer ohne Aufträge.«

»Ach, du liebe Güte«, seufzte ich. »Bei so viel Selbstmitleid kommen einem ja die Tränen.« Phils Schritte näherten sich.

»Danke, Sir«, sagte er und schaltete sein Handy aus.

Ollie Charters grinste müde. »Brauchen Sie meinen Presseausweis?«

»Ja«, antwortete ich. »Aber vorher nehmen Sie die Hände hoch.«

»Warum denn das? Ich bin nicht bewaffnet.«

»Nehmen Sie trotzdem die Hände hoch.«

»Meinetwegen«, brummte er und gehorchte.

»In welcher Tasche steckt Ihr Handy?« fragte ich.

Phil war bereits neben ihm.

»Mein Handy?« echote Charters verblüfft. »Ich denke, Sie wollen ...«

»In welcher Tasche?« unterbrach ihn Phil.

Charters holte tief Luft, wie vor einer schweren Anstrengung. »Unten rechts, in der Jacke.«

Da die entsprechende Außentasche stark beulte, brauchte Phil nicht lange zu suchen. Er sicherte das Handy in dem Zustand, in dem Ollie Charters es eingesteckt hatte. Die Nummer, die er aus der Schwimmhalle angerufen hatte, mußte also gespeichert sein.

»Okay, und dann noch den Presseausweis«, sagte ich. Charters antwortete, aber ich hörte nichts.

Er hatte den Mund geöffnet, und seine Augen wurden starr, als er mich ansah.

Jemand schien ihm in den Rücken zu boxen.

Aber da war niemand.

Ein Blutfaden rann aus seinem Mundwinkel.

»Deckung!« brüllte ich.

Ich hätte Phil nicht aufzufordern brauchen. Er schnellte sofort nach links weg – als ich mich abrollte. Ich packte Charters, riß ihn von den Beinen, obwohl ich wußte, daß es nichts mehr nützte. Ich tauchte rechts in die Gasse zwischen den parkenden Wagen. Hinter der ersten erreichbaren Stoßstange kam ich halb hoch. Meine Waffe war schußbereit.

Phil kauerte drüben in Deckung, die Kanone ebenfalls im Anschlag.

Für Charters konnten wir nichts mehr tun.

Er war auf die Seite gefallen, und ich konnte die Einschüsse in seinem Rücken sehen. Mindestens drei Kugeln hatten ihn getroffen – wahrscheinlich aus großer Entfernung. Und wahrscheinlich benutzte der Heckenschütze ein Präzisionsgewehr mit Schalldämpfer.

Ich war entschlossen, den Killer zu schnappen.

»Phil!« rief ich und wollte hinzufügen, daß er mir Feuerschutz geben sollte.

Doch es blieb mir im Hals stecken.

Denn in diesem Moment geschah das Unfaßbare.

Krachend flogen die Glastüren der Schwimmhalle auf. Schnelle Schritte folgten, ein knapper Befehl.

Dann hämmerten Maschinenpistolen.

Es dauerte nicht länger als zwei Sekunden.

In den Nachhall der verstummenden Waffen gellte ein markerschütternder Schrei.

Ich spähte über die Stoßstangenecke.

Der Schrei kam von der anderen Straßenseite.

Ich brauchte nicht zweimal hinzusehen, um den wirbelnden Körper zu erblicken. Die Entfernung betrug fünfzig, sechzig Meter. Der Mann war über die Dachkante eines Backsteingebäudes gekippt, drüben, auf der anderen Seite der Barnett Avenue. Es war ein Haus mit sechs Stockwerken, und selbst wenn der Mann nicht von Kugeln getroffen worden wäre, hätte er keine Überlebenschance gehabt.

Ein klobiges Gerät torkelte neben ihm in die Tiefe. Ein Gewehr mit schwerem Zubehör. Nachtsichtgerät, Zielfernrohr, Schalldämpfer.

Der Schrei endete mit einem harten, trockenen Schlag.

»In Ordnung, G-men!« tönte eine rauhe, prahlende Stimme. »Kein Grund zur Besorgnis mehr!«

Ich war überzeugt, daß mir meine Gehörgänge einen Streich spielten. Ich wechselte einen Blick mit Phil. Er war genauso entgeistert wie ich. Wir drehten uns um, und da standen sie.

Alle vier.

Die Maschinenpistolen hatten sie klugerweise sinken lassen; die Stummelläufe zeigten auf den Parkplatzbeton. Ich glaubte zu träumen.

Lenny Guzzos Leibwächter fühlten sich als strahlende Helden, als die Retter, die gerade noch rechtzeitig eingegriffen hatten. Stolz grinsten sie uns an, und selbst der, den Lenny gerade erst zusammengeschlagen hatte, war schon wieder putzmunter.

Ich richtete mich auf. Phil folgte meinem Beispiel. Ich sah die blanken Metallabzeichen auf den Smokingbrusttaschen der Kerle, und für die Dauer eines

Atemzugs schloß ich entnervt die Augen. Denn schon jetzt war mir klar, was uns erwartete. Ein Gefühl totaler Hilflosigkeit. Das Gefühl, einen Beruf völlig vergebens auszuüben.

Die absolute Frustration.

Sirenengeheul näherte sich. Es schwoll rasch an. Die Streifenwagen der City Police und die Rettungswagen des Emergency Service kamen aus allen Richtungen. In der Schwimmhalle war es zum Glück ruhig geblieben. Die Panik, die ich befürchtet hatte, war nicht ausgebrochen. Die Bodyguards kamen auf uns zu, sahen so aus, als würden sie ein paar gute alte Kumpel nach langer Zeit wiedertreffen.

Die vertickenden Sekunden brannten mir unter den Nägeln. Wir brauchten Verstärkung. Und zwar dringend. Längst hätten wir auf der anderen Straßenseite sein müssen, ins Haus eindringen, den Toten auf dem Bürgersteig sichern. Und vor allem seine Waffe.

Aber ebensowenig konnten wir die Bodyguards mit dem toten Ollie Charters allein lassen. Noch wußten wir ja nicht, ob er außer dem Handy weitere Sachen bei sich trug, die sich als Beweisstücke entpuppen würden.

»Steve und Zeery sind unterwegs hierher«, sagte Phil halblaut, während wir die Revolver holsterten und unsere Dienstausweise hervorholten.

Wir klemmten die goldene FBI-Marke außen an die Brusttasche unserer Jacketts, und der Ordnung halber zeigten wir den muskelbepackten Kerlen auch noch die aufgeklappten ID-Cards mit den großen, leuchtend blauen Buchstaben ›FBI‹.

»Special Agent Jerry Cotton, FBI-Distrikt New York«, sagte ich. Mit einer Kopfbewegung in Phils Richtung fügte ich hinzu: »Und das ist Special Agent Phil Decker.«

»Sie werden uns einiges zu erklären haben, Gentlemen«, sagte mein Freund und Kollege. Mehr nicht. Er wußte wie ich, daß wir uns selbst den vorsichtigsten Hinweis auf rechtliche Folgen ihres Tuns schenken konnten.

Und tatsächlich kam es ungefähr so, wie ich erwartet hatte.

Lenny Guzzos Leibgarde hatte die MPis ordnungsgemäß gesichert. Die vier Kerle bauten sich nebeneinander auf, grinsten noch breiter als zuvor. Ohne ein Wort taten sie es uns nach, zogen lederne Ausweisetuis hervor und klappten sie auf. Große rote Buchstaben prangten oben auf den ID-Cards. Die gleichen Buchstaben waren auch auf den edelmetallenen Brustschildern eingraviert.

SECURE

»Security Agent Sam Slade, Sicherheitsbezirk New York«, machte sich der Stoppelhaarige zum Wortführer. Mit knappen Kopfbewegungen wies er auf seine Kollegen und äffte sogar meinen Tonfall nach. »Und das sind die Security Agents William Parsons, Carlos Rivero und Vic Adams.«

SECURE war ein privates Sicherheitsunternehmen, das Lenny Guzzo in erster Linie gegründet hatte, um seine Leibwächter zu Mitarbeitern einer legalen und einwandfreien Firma zu machen. Niemand konnte ihnen an den Karren fahren. Natürlich besaß jeder von ihnen einen Waffenschein, und natürlich waren die Waffen, die sie benutzten, ordnungsgemäß registriert.

Ich blieb ruhig. »Sie werden sich wegen dieses Vorfalls verantworten müssen«, sagte ich kalt.

Ihr Grinsen versteinerte.

»Wie bitte?« Slade stierte mich an, die Augen groß, den Mund offen. »Wie war das?«

Die ersten Streifenwagen rollten auf den Parkplatz.

Phil wandte sich ab und lief auf die Kollegen von der City Police zu. Es wurde höchste Zeit, daß sich jemand um die andere Straßenseite kümmerte.

»Hier wird es gleich von Cops und FBI-Agenten wimmeln«, erklärte ich. »Sie halten sich zur Verfügung, Gentlemen, damit das klar ist. Ihnen als Sicherheitsagenten wird ja bekannt sein, daß wir Ihre Personalien feststellen und Ihre Aussagen zu Protokoll nehmen müssen.«

»Das darf ja wohl nicht wahr sein!« röhrte Parsons, der noch einen halben Kopf größer war als die anderen. Und bulliger.

»Das ist jetzt der Dank!« klagte Rivero mit fassungsloser Miene.

»Wofür?« zischte ich, obwohl ich wußte, was kommen würde.

»Mann!« schrie Adams, ein rothaariger Quadratschädel. »Dafür, daß wir euch das Leben gerettet haben!«

4

Der Samstagmorgen empfing Phil und mich mit einer Art Spießrutenlaufen. Daß uns kein freies Wochenende erwartete, war nach dem gestrigen Abend klargewesen. Daß wir aber um acht Uhr morgens schon wieder an die Schattenseiten unseres Berufs erinnert wurden, war der pure Hohn.

An jeder Straßenecke in Manhattan stehen die Selbstbedienungskästen der großen Zeitungsverlage. Und damit auch die Autofahrer wissen, welche druckfrischen Sensationen zu haben sind, werden die Titelseiten jeden Morgen an die Außenseiten der Kästen gehängt. Zwar erkannte uns niemand in dem dunkelgrünen Chevrolet Caprice, den wir benutzten. Aber die Schlagzeilen als solche reichten. An jeder Ecke schrien sie uns an.

Security-Männer retten G-men das Leben
Lenny Guzzos Bodyguards griffen in letzter Sekunde ein

FBI-Agenten vor dem sichren Tod gerettet
Lennys Leibwächter handelten beherzt und in Notwehr

Bodyguards helfen G-men aus tödlicher Gefahr
Lenny Guzzo: Ich bin stolz auf meine tapferen Männer

Ohne Bodyguards wären zwei FBI-Agenten tot
Großes Lob für die Männer des mutmaßlichen Mobsters

»Zum Kotzen«, sagte Phil, als wir in Höhe der dreißiger Straße waren. Es nahm einfach kein Ende mit den Schlagzeilen.

Ich bestätigte Phils Kommentar mit einem grimmigen Knurrlaut. Mehr konnte man dazu nun wirklich nicht sagen.

Ich lenkte den Chevy die Seventh Avenue hinunter. Ebensogut hätte ich den Broadway nehmen können oder die Avenue of the Americas. Nicht mal auf dem Franklin Delano Roosevelt Drive oder auf dem Westside Highway wären wir vor den Sensationsstorys sicher gewesen.

Dabei waren es nicht die Zeitungen, die uns auf den Nerv gingen. Im Gegensatz zum Verhaltensschema mancher Politiker wetterten Phil und ich nicht auf die Medien. Der Übermittler der Nachricht war letzten Endes nicht für die Nachricht als solche verantwortlich. Auch die lokalen Fernsehsender brachten die Neuigkeit als Thema Nummer eins.

Aus der Sicht der Journalisten mußte die Sache so und nicht anders bewertet werden. Was für ein Hammer war es letzten Endes! Der Wohltäter Lenny Guzzo spendierte den Menschen von Woodside in Queens gerade mal eben das modernste Sportzentrum der Stadt, und ganz nebenbei retten seine Bodyguards zwei FBI-Agenten vor einem Heckenschützen.

Der Tote, der aus der Glaskuppel gesegelt war, rangierte in den Artikeln unter ›Ferner liefen‹.

Lenny und seine Leibwächter hatten die Dinge auf den Kopf gestellt, hatten den Journalisten die eigentliche Sensation geliefert. Bodyguards retten G-men! Dagegen verblaßten alle anderen Nachrichten. Die Tatsachen schlugen Purzelbäume:

Lenny Guzzo war ja schon ganz schön großzügig, indem er die Millionen für das Sportzentrum lockermachte.

Daß er auch noch seinen Erzfeinden das Leben retten ließ, war einfach überwältigend.

Er mußte ein unglaublich großes Herz haben.

So stellten die Medien es dar.

Und die Leser, Hörer und Zuschauer vernahmen kopfschüttelnd, daß der FBI es einfach nicht lassen konnte. Immer wieder mußten die Feds dem armen Lenny Guzzo auf die Füße treten. Was für eine Geschmacklosigkeit war es doch vom FBI, ausgerechnet zu einem so festlichen Ereignis zwei G-men zu entsenden? Konnte man denn nicht *einmal* anerkennen, was Lenny da für die Allgemeinheit getan hatte? Mußte man denn immer auf seinen Vergangenheitssünden herumhacken?

Wir erlebten diesen Meinungstrend nicht zum erstenmal. Es fehlte nicht mehr viel, und *wir* waren die Bösen. Lenny Guzzo war ja jetzt schon auf dem besten Weg, der einzig wahre gute Junge zu werden.

Vielleicht hätte ich das noch verdauen können.

Wenn man es als Ironie betrachtete, als einen Auswuchs gesellschaftlicher und politischer Zusammenhänge, dann konnte man es noch irgendwie hinnehmen. Doch das Schlimme war die Ohnmacht, zu der wir durch eben jene Zusammenhänge verurteilt wurden.

Der gesamte FBI war zur Hilflosigkeit verurteilt. Wir waren gezwungen, die öffentlichen Auftritte und die ungestrafte Großspurigkeit eines Lenny Guzzo hinzunehmen, weil die Beweismittel gegen ihn für eine Anklage noch immer nicht ausreichten.

»Der Kerl macht sich zum Sympathieträger«, sagte Phil, als hätte er meine Gedanken gelesen. »Und dabei ist das gar nicht auf seinem eigenen Mist gewachsen.«

Ich nickte. »John Gotti könnte Lizenzgebühren für die Idee verlangen. Nicht mal Al Capone hatte so viel positive Publicity, glaube ich.«

»Garantiert nicht. Damals stand noch kein Fernseher in jeder Wohnung, und die Journalisten waren irgendwie noch in der Lage, Zusammenhänge richtig einzuordnen. Heute bringen sie ja sogar Schlagzeilen, wenn die Bürgerinitiative für Gotti mal wieder auf die Straße geht und seine Freilassung fordert.«

»Mhm«, brummte ich, während ich auf die Federal Plaza einbog. »Ich frage mich manchmal, ob diese Leute in einer anderen Welt leben.«

»Die einzig denkbare Erklärung«, grinste Phil. »Gestern abend *waren* wir doch in ihrer Welt. Hat es dir da nicht gefallen?«

»Nicht besonders«, antwortete ich.

»Und warum nicht?«

Ich lenkte den Chevy in die Einfahrt zum Hof der Fahrbereitschaft. Die Chipkarte mit meinem persönlichen Identity Code öffnete die automatische Schranke.

»So was wie gestern abend ...«, antwortete ich gedehnt, »unterscheidet sich nicht wesentlich von dem, was auf der großen Ebene läuft. Weltweit. Alle Versuche, die Drogenprobleme in den Griff zu kriegen, sind doch nur Vorwand. Alibifunktion.«

Ich fuhr in die von Leuchtstoffröhren kaltweiß erhellte Tiefgarage. Drei Viertel der Stellplätze waren mit Dienstwagen belegt. So war das meistens an einem Samstag. Wochenendstimmung gibt es sogar beim FBI. Ich rangierte den Chevy auf seinen Platz, Nummer vierzehn.

»Du meinst die alte Geschichte?« entgegnete Phil. Wir stiegen aus. Über das Wagendach hinweg sagte er: »Niemand hat ein ernsthaftes Interesse daran, die Produktion von Rauschgift und den Handel damit zu unterbinden. Drogendollars sind ein unverzichtbarer Teil der Weltwirtschaft. Drogendollars sind überall – in den Taschen der Politiker genauso wie in den Staatshaushalten. Ist es das, wovon du redest?«

»Exakt«, antwortete ich. Wir gingen auf die Fahrstühle zu. »Und damit wären wir wieder bei den Schlagzeilen. Wenn die Kollegen irgendwo im Golf von Mexiko hundert Kilo Kokain oder Heroin beschlagnahmen, jubeln die Medien über einen schwerwiegenden, entscheidenden Schlag gegen die Drogenmafia.«

»Die Medien jubeln, weil die Ermittlungsbehörden jubeln«, korrigierte Phil. Wir betraten einen freien Fahrstuhl, und er drückte die Stockwerkstaste sechsundzwanzig.

»Okay«, nickte ich. »Aber niemand fragt nach. Niemand weist darauf hin, daß hundert Kilo für die Drogensyndikate Peanuts sind – daß deren Geschäfte gewichtmäßig nach Tonnen gerechnet werden, und zwar mindestens dreistellig.«

»Die Öffentlichkeit *will* desinformiert werden.«

»Wer sagt das?«

»Politiker und Interessengruppen.« Phil grinste. »Aber natürlich sagen sie das nicht laut.«

Ich grinste zurück. »Mich brauchst du nicht zu überzeugen. Wir sind einer Meinung, und damit stehen wir auf verlorenem Posten.«

»Hör mal!« erwiderte mein Freund und Kollege stirnrunzelnd. »Normalerweise bin *ich* der Pessimist in unserem Zweierteam.«

»Hm, der Rollentausch hat einen klaren Grund, denke ich.«

»Nämlich?«

»Das Gefühl, von Guzzo-Leibwächtern gerettet worden zu sein.«

Phil tat, als stimmte ihn meine Antwort nachdenklich. »Sag mal – ist dir eigentlich klar, daß wir uns bei den Jungs noch gar nicht bedankt haben?«

Reaktionsschnell wich er meiner rechten Gerade aus.

Er hatte damit gerechnet.

Unser Büro im sechsundzwanzigsten Stock des FBI-Distriktgebäude roch nach der Frische von Frühlings- und Bergwiesen. So war das immer, wenn der Einsatz des Reinigungsteams in die Zeit unserer Abwesenheit fiel.

Wir gingen noch einmal hinaus, fütterten den Kaffeeautomaten mit Kleingeld und trugen den Duft des brühheißen Lebensweckers in die Frische unserer Schreibtischplätze. Die Computer summten, waren wie immer rund um die Uhr eingeschaltet.

Helen, Mr. Highs Sekretärin, hatte ihr freies Wochenende. Wir würden also auf den Höchstgenuß verzichten müssen. Kein Kaffee von Helen, das war schon ein herber Verzicht. Denn nirgendwo auf der Welt gab es vergleichbares.

Wir mußten uns also mit dem begnügen, was der seelenlose Automat zur Verfügung stellte. Wenigstens tat er es mit annehmbarer Qualität.

Unsere Schreibtische waren frei von Tageszeitungen. Ein Trost, wenn auch nur ein schwacher. Der sogenannte Pressespiegel blieb uns nämlich nicht erspart. Ein täglicher Service, geliefert vom FBI-Hauptquartier in Washington, D.C., Abteilung für Presse- und Öffentlichkeitsarbeit. Eine starke Mannschaft war das. Innerhalb von ein, zwei Stunden werteten sie alle wichtigen amerikanischen Zeitungen aus. Das war allerdings nur deshalb möglich, weil sie die meisten Artikel schon vor dem Erscheinen des jeweiligen Blatts erhielten.

Der Pressespiegel ging dann frühmorgens per Electronic Mail an alle FBI-Dienststellen in den Vereinigten Staaten und im Ausland. Ein blinkendes Bildschirmfenster machte auch bei uns darauf aufmerksam, daß der heutige Pressespiegel in der Mailbox eingetroffen war und darauf wartete, ausgedruckt zu werden.

Ich hatte kein Verlangen danach.

»Na, dann wollen wir mal!« rief Phil aufgekratzt und drückte die Tastenkombination, die den Laserdrucker in Gang setzte.

Ich nippte an meinem Kaffee und tippte eine andere Tastenfolge. Das blinkende Fenster verschwand vom Schirm. Ich zupfte den Zettel aus der Tasche, auf dem ich die Telefonnummer notiert hatte, die in Ollies Handy als zuletzt angerufene Nummer gespeichert war. Ich stellte eine E-Mail-Verbindung mit NYNEX her, der New Yorker Telefongesellschaft, gab Ollies Nummer ein und erhielt die Auskunft, die ich brauchte, im Handumdrehen.

Die Nummer war ein Handy-Anschluß und gehörte einem Mann namens Hank Eisenberg. Seine Adresse hatte die Telefon-Company nicht auf Lager. Trotzdem hatte ich das Gefühl, daß der Name irgendwo in den Tiefen unserer Datenbanken schlummerte. Ich tippte ein ›Thanks!‹ ein und ging aus der Verbindung.

Phils Lasermaschine gab ihre rollenden Druckergeräusche von sich. Ich ließ mich nicht beirren, rief die Datenleitung nach Washington auf und klinkte mich in die ›FBI crime files‹ des NCIC ein. Letzteres steht für ›National Crime Information Center‹, das berühmte Zentralarchiv des FBI-Hauptquartiers. Alle amerikanischen Polizeidienststellen und Ermittlungsbehörden können dort Informationen abrufen. Die Verbrechensakten und vor allem die Personendateien des NCIC werden täglich aktualisiert.

Ich holte das Menü der Suchfunktion auf den Bildschirm und gab ›Eisenberg, Hank‹ ein.

Der zentrale Großrechner bat mich um etwas Geduld.

Ich trank einen Schluck Kaffee und beobachtete Phil, wie er genüßlich die ersten Ausdrucke aus dem Schacht des Laserdruckers nahm.

Mein nächster Job würde es sein, einen Bericht über die Geschehnisse des gestrigen Abends einzugeben und über unser internes Computer-Netzwerk an Mr. High und die Kollegen in der Gambetta-Sonderkommission weiterzuleiten. Mündlich hatten Phil und ich den Chef bereits informiert.

Ich hatte Patricia noch am späten Abend angerufen. Auch ihr war etwas dazwischengekommen. Eine Sondersitzung im Hauptquartier der Vereinten Nationen hatte länger gedauert als vorgesehen. Patricia war politische Redakteurin der ›New York Times‹. Sie selbst kannte Ollie Charters nicht, hatte aber bei ihren Kollegen von der Lokalredaktion nachgefragt.

Auf die Art und Weise hatten wir binnen kürzester Zeit erfahren, daß Ollie tatsächlich freiberuflicher

Journalist gewesen war. Eine verkrachte Existenz. Seinen persönlichen Niedergang hatte er in erster Linie einem Alkoholproblem zu verdanken. Deshalb hatte er für ein paar Dollars alles getan.

Leider konnte Ollie uns nicht mehr sagen, in wessen Auftrag er am Schwimmbeckenrand des ›Woodland‹ telefoniert, statt fotografiert hatte. Sonst wären wir einen Riesenschritt weiter gewesen.

Dann hätten wir gewußt, wer Lenny Guzzo den Krieg erklärt hatte.

Der Mord an Mike Fontana war nichts anderes als eine Kriegserklärung. Jemand aus Guzzos eigenen Reihen hatte seinen engsten Vertrauten umgebracht und ihn dann publikumswirksam ins Schwimmbecken gekippt. So hatte der Betreffende Lenny nicht nur den Fehdehandschuh hingeworfen, sondern ihn auch noch öffentlich gedemütigt.

Die Vorbereitungen mußten Lennys Gegner einige Mühe gekostet haben. Nachdem sie ihn vor meinen Augen erschossen hatten, mußten sie ihn noch während der Nachtstunden auf das Kuppeldach des Schwimmbads in Woodside gebracht haben. Tagsüber hatte niemand etwas gemerkt, weil die Glasflächen der Kuppelsegmente mit einem Sonnenschutzsystem ausgestattet waren. Dadurch ließen sich bestimmte Teile oder auch das ganze Dach abdecken. Bei allen Sicherheitsvorkehrungen war niemand auf die Idee gekommen, eine Hubschrauber-Besatzung über dem ›Woodland‹ nach dem Rechten sehen zu lassen.

Im Endeffekt wäre es Fontanas Mördern einerlei gewesen. Ihr Ziel, Lenny Guzzo zu schocken, hätten sie auch bei einer vorzeitigen Entdeckung der Leiche erreicht. Nun aber war ihnen auch noch der Knalleffekt gelungen, und zwar im wahrsten Sinn des Wortes. Sie hatten kleine Sprengsätze an der Luke befestigt, und Ollie Charters hatte ihnen per Handy den richtigen Moment für die Funkfernzündung genannt.

Er hatte nicht geahnt, daß sein Mörder schon auf der anderen Straßenseite lauerte. Lenny Guzzos Bodyguards waren zu spät gekommen. Sie hatten Ollie nicht mehr retten können. Er war ihnen nicht mehr lebend in die Hände gefallen; sie konnten ihn nicht mehr ausquetschen, wie sie es vorgehabt hatten.

Also hatte Lenny aus der Not heraus die Geschichte über seine tapferen Leibwächter und die wehrlosen FBI-Agenten zusammengebastelt. Der Killer, den sie vom Dach des gegenüberliegenden Hauses geschossen hatten, war ein Ex-Söldner namens Brian Webster gewesen. Erst kurz bevor ihn die Mörder Fontanas angeworben hatten, war er aus Mittelamerika nach New York gekommen. In sämtlichen zentralamerikanischen Staaten hatte man ihn steckbrieflich gesucht. War ihm im Regenwald der Boden unter den Füßen zu heiß geworden, so hatte ihm der Großstadtdschungel erst recht keine Sicherheit geboten.

Die Durchsuchung des Hauses auf der anderen Straßenseite hatte bislang keinen Hinweis ergeben, keine Spuren. Eine Wohnung, die von einem Mann namens ›William Smith‹ gemietet war und laut Auskunft der Nachbarn selten benutzt wurde, sollte noch genauer untersucht werden. Unsere Kollegen von der City Police meinten, Zigarettenrauch in der Wohnung gerochen zu haben. ›William Smith‹ konnte ein Strohmann sein, oder einer, der überhaupt nicht existierte.

Daß die Polizeitaucher die Leiche Fontanas am Schlepperpier nicht gefunden hatten, war für mich längst kein Rätsel mehr. Andere Taucher, von denen wir nichts mitgekriegt hatten, mußten längst vorher zur Stelle gewesen sein. Sie hatten den toten Unterboss sofort unter Wasser weggeschleppt. Ich erinnerte mich an das davonfahrende Boot, das ich bemerkt hatte. Es war also nicht zufällig zu dem Zeitpunkt zur Stelle gewesen. Ein neues, großes Fenster baute sich zappelnd auf dem Bildschirm auf. Die fette Überschrift lautete: Eisenberg, Hank.

Das Foto, links, gleich unter der Überschrift, zeigte einen blassen, übernächtigt aussehenden Mann um die Vierzig. Das strähnige, mittelblonde Haar hing ihm ungeordnet über die Ohren.

Ich überflog den Text des Aktenauszugs.

Die letzte Aktenergänzung über Eisenberg war zwei Wochen alt und zugleich die wichtigste aller Informationen.

Ein Verbindungsmann namens Howard Radusky hatte unserem Kollegen Joe Brandenburg mitgeteilt, daß Eisenberg in der letzten Zeit öfter zusammen mit Joe Parisi und Bertrand Oprescu gesehen worden sei.

Ich stieß einen leisen Pfiff aus.

Ollie Charters hatte seinen Handy-Hinweis aus der Schwimmhalle an einen Mann gegeben, der mit Parisi und Oprescu besonders eng vertraut zu sein schien. Zumindest hatte Ollie die Nummer Eisenbergs angerufen. Ob der sein Handy auch selbst benutzt hatte, war in diesem Zusammenhang nicht so besonders wichtig.

Phil blickte herüber.

»Was gefunden?« fragte er interessiert.

»Sieht so aus«, antwortete ich und erklärte es ihm.

»Nicht schlecht.« Er raffte seine Ausdrucke zusammen und brachte sie herüber. »Nur damit du vorgewarnt bist. Wir sind das Thema des Tages. In sämtlichen FBI-Dienststellen des Landes. Richtig freuen werden sich die Kollegen darüber aber wohl erst Montag, wenn sie alle wieder im Dienst sind.«

Widerstrebend blickte ich auf die E-Mail der Abteilung für Presse- und Öffentlichkeitsarbeit.

Der Text war so kurz und einprägsam wie immer. Nur eben besonders einprägsam, diesmal.

+++ fbi headquarters +++ public relations division +++ press review +++ saturday june 14 +++

Die Aufmacher auf Seite eins widmen alle New Yorker Tageszeitungen in ihrer heutigen Wochenendausgabe demselben Thema. Es geht um einen Einsatz der Agenten Jerry Cotton und Phil Decker am gestrigen Freitagabend.

Cotton und Decker, so heißt es übereinstimmend in allen Zeitungen, seien von den Leibwächtern des mutmaßlichen Mobsters Leonard ›Lenny‹ Guzzo vor dem sicheren Tod bewahrt worden. Die Schilderung der Begleitumstände ist in allen Fällen sehr glaubhaft formuliert. Eine erste offizielle Stellungnahme von Special Agent in Charge, John D. High, wird nur am Ende der betreffenden Artikel erwähnt. Sinngemäß heißt es da, SAC High dementiere die Aussagen der Bodyguards, wie ja zu erwarten sei, und es solle von dem eigentlichen Vorfall abgelenkt werden. Dabei handelt er sich um das plötzliche Auftauchen der Leiche von Michael Fontana während der Einweihung eines von Guzzo finanzierten Sportzentrums in Woodside, Queens, New York. Fontana war Unterboss im Gambetta-Mob, der bekanntlich von Guzzo geleitet wird.

Die ›New York Daily News‹ berichtet unter der Überschrift ›Security-Männer retten G-men das Leben / Lenny Guzzos Bodyguards griffen in letzter Sekunde ein‹. Die Story auf Seite eins ist reißerisch aufgemacht …

Ich gab Phil die Ausdrucke zurück. Ich mußte es mir nicht antun, den Rest zu lesen.

Die Tür unseres Büros schwang auf.

Mr. High trat ein. Die Miene des schlanken Mannes mit dem silbergrauen Haar war ernst. Die Furchen in seinem Gesicht erschienen mir tiefer als sonst.

»Sir«, sagte ich, nachdem wir uns begrüßt hatten. »Diese Zeitungsberichte ...«

»... sollen uns im Moment nicht weiter kümmern«, unterbrach er mich. »Ich habe gerade einen Hinweis erhalten. Von einem V-Mann. Machen Sie sich auf einen Großeinsatz gefaßt – heute abend.«

Phil und ich wechselten einen Blick. Dann sahen wir den Chef wieder an.

»Ist der V-Mann zuverlässig?« erkundigte sich Phil.

»Howard Radusky«, antwortete Mr. High.

Ich blinzelte ungläubig. War das jetzt ein Zufall, der absolut nichts zu bedeuten hatte? Oder war es ein böses Omen? Ich schwieg darüber, denn es lag ja in der Natur der Sache, daß ein V-Mann öfter mal Hinweise lieferte. Dafür bezahlten wir ihn schließlich. Also hatte ich keinen Grund, Phil auf die Idee zu bringen, daß bei mir neben dem Pessimismus auch noch der Aberglaube ausgebrochen sein könnte.

John D. High schilderte uns die wenigen Anhaltspunkte, die wir für den Einsatz am Abend hatten.

Marilena war splitternackt, und alle konnten sie sehen – bis auf Lenny. Er saß mit dem Rücken zum Fenster des Livingrooms und war zu sehr mit seinen düsteren Gedanken beschäftigt, um die immer größer werdenden Augen der anderen zu bemerken.

Durch die großen, nur leicht getönten Glasscheiben sahen sie das Schauspiel wie auf einer Kinoleinwand.

Marilena spazierte im Sonnenschein auf und ab, und ihr Auftritt war durch und durch paradiesisch. Der Garten der Villa in Todt Hill, Staten Island, war ein verschwenderisch großzügiger Park – allemal zu vergleichen mit der biblischen Beschreibung des schönsten aller menschlichen Aufenthaltsorte. Lediglich der Swimmingpool, der sich an die Terrasse des Hauses anschloß, zeigte unmißverständlich, daß der Sündenfall Marilena in der Neuzeit stattfand.

Schon als sie die Freitreppe aus dem Obergeschoß heruntergekommen war, vor etwa einer halben Minute, hatte Joe Parisi geglaubt, ihm würde die Kinnlade ausklinken. Wegen des Blicks durch die Treppenstufen hatte er anfangs noch angenommen, das Wahnsinnsweib würde einen Bikini tragen. Doch dann, als sie die Terrasse erreichte, hatte ihn ihre Nacktheit buchstäblich angesprungen.

Ein verstohlener Seitenblick zeigte ihm, daß es Dracula und den anderen genauso erging wie ihm.

Ihnen sprangen fast die Augen raus.

Lenny war damit beschäftigt, die Festplatte eines Notebooks zu durchforsten.

Auf dem Tisch verteilt lagen schätzungsweise fünfzig Disketten. Lenny hatte die Sachen gerade noch rechtzeitig aus Mike Fontanas Zweitwohnung retten lassen. Daß Mike in seiner Erstbude nichts Verfängliches aufbewahrt hatte, würden die FBI-Bullen inzwischen begriffen haben.

Parisi, Oprescu, Evans und Eisenberg saßen dem Hausherrn gegenüber, auf die Sessel verteilt.

Lenny Guzzos Leibwächter hatten den Rest der Polstermöbel mit Beschlag belegt, und auch sie stierten in die Sonne hinaus.

Marilena war nicht völlig unbekleidet, wie sich jetzt zeigte. Sie trug hochhackige Riemchenschuhe, auf denen sie als erstes zur Bar stöckelte. Ihre großen Brüste wogten im gegenläufigen Takt zu den kurzen Schritten.

»Verdammt«, schimpfte Lenny Guzzo, in die Bildschirmanzeige des Notebooks vertieft. »Mike hatte die Gewerkschaftsärsche so gut wie im Sack. Wenn ich die Kalkulationen hier sehe, könnte ich das große Heulen und Zähneklappern kriegen. Das geht uns doch jetzt alles durch die Lappen! Die denken doch überhaupt nicht mehr daran, uns ernst zu nehmen!«

Keiner antwortete.

Lenny konnte den Blick nicht vom Bildschirm wenden.

Draußen präsentierte Marilena ihre ansehnlichen hinteren Rundungen, als sie ihren Longdrink zum Beckenrand trug.

Dort stellte sie das Glas an der Fliesenkante ab. Einblicke gewährend schob sie ein bereitstehendes Gumminilpferd auf das glitzernde Wasser. Es war wie ein großer Sessel geformt. Geschickt, ohne das Ding zum Umkippen zu bringen, sprang Marilena hinauf und paddelte anschließend zur Beckenkante zurück, um ihren Drink zu holen.

»Ich kapiere das einfach nicht«, murmelte Lenny. »Wenn er wenigstens irgendeinen Hinweis gegeben hätte. Hat denn überhaupt keiner was gehört?« Er hob den Kopf. »Ich meine, daß er von seinen eigenen Leuten ...«

Er verschluckte sich fast an seinen eigenen Worten, als er die anderen sah.

Sie beachteten ihn überhaupt nicht.

Ihre Geierblicke hatten dasselbe Ziel.

Allesamt.

Das wurde ihm schlagartig klar.

Lenny fuhr auf dem Sofa herum, und augenblicklich lief er rot an. Ruckartig sprang er auf, war mit drei schnellen Schritten bei der Terrassentür und riß sie auf.

Er überlegte, ob er losbrüllen sollte. Er entschied sich dagegen. Es wäre nicht angebracht gewesen, ausgerechnet jetzt Schwäche zu zeigen. Und wer seine Frau anbrüllte, war schwach. Ein starker Mann brachte sie auf andere Weise zur Räson.

Folglich trat er hinaus, würdevoll und selbstsicher in seinem cremefarbenen Sommeranzug. Mit geübtem Schwung zog er die Terrassentür wieder zu. Seine Schritte waren schnell, aber nicht hektisch, als er auf das Becken zuging. Marilena nuckelte an ihrem Drink, beachtete ihn nicht.

Er blieb bei der verchromten Einstiegsleiter stehen. Lässig schob er die Hände in die Hosentaschen.

»Sieh mich an, Kleines«, sagte er ruhig.

»Oh, Lenny!« Sie hob den Kopf und tat, als bemerkte sie ihn erst jetzt. »Seid ihr jetzt fertig mit eurer Besprechung?«

»Wir haben noch gar nicht angefangen«, zischte er. »Die kriegen nämlich alle kein Wort mehr raus.«

»Oh. Warum denn das nicht?« Sie blinzelte ihm zu, daß die langen Wimpern für Luftwirbel sorgten.

Lenny antwortete nicht sofort, starrte sie nur an. Sie sah aus wie die Unschuld vom Lande. Lediglich ihren unverschämten Körper mußte man sich wegdenken. Er hatte geglaubt, sie zu seinem Eigentum machen zu können, indem er sie heiratete.

Das war ein Irrtum gewesen.

Nach einer gewissen Zeit, in der sie nur für ihn dagewesen war, hatte sie sich bald wieder an früher erinnert. Damals war sie geradezu süchtig nach Männern gewesen – nach ihren gierigen Blicken und nach allem, wozu sich die Kerle verführen ließen. Sie brauchte sich nicht mal auszuziehen, und die Typen tanzten schon nach ihrer Pfeife. Wenn sie dann aber einem zum willenlosen Lüstling machen wollte, ja, dann zeigte sie mal eben ein bißchen nackte Haut, und schon lief die Sache wie gewünscht.

Marilena war das Musterbeispiel einer Exhibitionistin. Nach Lennys Meinung hatten alle Frauen exhibitionistische Wesenszüge. Das war wohl biologisch bedingt. Aber Marilena schlug dem Faß den Boden aus.

»Du willst also wissen, warum wir noch nicht angefangen haben«, sagte Lenny mit mühsamer Beherrschung.

Sie lächelte mit ihrer Unschuldsmiene. »Muß ich das wirklich wissen, Darling? Ich meine, ist das für mich wichtig?«

»Könnte schon sein.« Seine Stimme vibrierte, seine Zähne mahlten.

»Aber du weißt doch, daß deine geschäftlichen Sachen mich nicht interessieren.« Marilena lachte. Sie drehte das Longdrinkglas in ihren schlanken Fingern, und wie unbeabsichtigt senkte sie es in die Mulde zwischen ihren Schenkeln.

Lenny spürte, wie ihm das Blut in den Kopf stieg. *Nur nicht brüllen*, warnte er sich selbst, *zeig den Kerlen bloß nicht, daß du die Kontrolle verlierst.*

»Du gehst sofort ins Haus und ziehst dich an«, sagte er leise und drohend. »Ich habe acht Männer bei mir im Wohnzimmer, und die können nichts anderes mehr tun, als dich angaffen.«

Marilena betätigte erneut ihre Wimpern.

»Aber dann sag ihnen doch einfach, sie sollen es sein lassen.«

Lenny atmete hörbar ein. Seine Stimme zitterte jetzt. »Marilena«, zischte er. »Zum letztenmal: Geh ins Haus und zieh dich an. Laß dich hier draußen nicht mehr blicken, solange meine Besprechung läuft. Hast du mich verstanden?«

»Habe ich.« Ihr Lächeln schwand.

»Dann – bitte!«

»Nein.«

»Waaas?« Er kriegte den Mund nicht wieder zu. »Wie war das?«

»Ich habe nein gesagt. Ich werde nicht tun, was du sagst. Ich will mich sonnen. Ich möchte braun werden. Und zwar am ganzen Körper. Nahtlos, verstehst du?«

Er schüttelte den Kopf. »Nein, verstehe ich nicht. Tust du jetzt, was ich sage – oder nicht?«

»Nein.«

Sie fühlte sich stark, schien zu glauben, daß er sie in Anwesenheit der anderen nicht zwingen würde.

Lenny riß der Faden.

Er griff unter die Jacke.

Blitzschnell kam seine Rechte wieder zum Vorschein. Mit der Glock.

Alle Selbstsicherheit fiel Marilena aus dem Gesicht. Ihre Augen wurden groß und weiß. Ihr sonst so sinnlicher Mund öffnete sich in jäh einsetzender Angst. Sie sah, daß sie allen Grund dazu hatte. Sie sah es erschreckend deutlich.

Lennys Gesicht hatte sich vor Wut verzerrt.

Er sprach nicht mehr.

Alles ging derart schnell, daß auch Marilena kein Wort mehr hervorbekam.

Lennys Linke fuhr über die Rechte. Ein harter Ruck seiner Hände erzeugte ein dumpfes Klacken, das Geräusch der stählernen Verschlußteile unter dem Kunststoffgehäuse. Entsichern und Durchziehen waren eins.

Marilena riß den Mund auf, wollte schreien.

Der Schuß fetzte ihr den Schrei von den Lippen.

Sie wurde starr vor Angst.

Der Schuß donnerte. Ein hammerharter Schlag, kurz und trocken, nichts weiter. Der Mündungsblitz so blaß und unbedeutend, daß es schwerfiel, sich ein Stück heißes Blei dazu vorzustellen.

Marilena begriff nicht sofort, was geschah. Wie gelähmt, das Glas mit beiden Händen umkrampft, hockte sie auf dem schwimmenden Nilpferd-Sessel.

Lenny drückte noch dreimal ab.

Ein lautes Zischen setzte ein.

Mit seltsam scharfen Gurgelgeräuschen verloren die Geschosse ihre Kraft im Wasser, nachdem sie das Gummi durchschlagen hatten.

Das Nilpferd erschlaffte und hüllte Marilenas nackte Haut ein. Obwohl die Sonne schien, war das Gummi kalt und glatt.

Jetzt, endlich, schrie Marilena.

Ihre Stimme gellte, mußte in ganz Todt Hill zu hören sein. Doch Lenny hatte sich noch nie etwas aus den Nachbarn gemacht. Sie waren weit entfernt, keiner konnte in das riesige Grundstück linsen, und sie hätten es nie und nimmer riskiert, sich in seine Angelegenheiten einzumischen. Er lachte schallend, hieb sich vor Vergnügen auf die Schenkel.

Marilena schrie noch immer und versank mit der Gummihaut. Endlich erwachte die Frau aus ihrer Panik. Hörte auf zu schreien, begann zu zappeln und verlor das Glas aus den Händen. Es torkelte in die kristallklare Tiefe.

Lenny konnte nicht aufhören zu lachen. Seine Heiterkeit ließ ihn prusten. Er verstaute die Glock im Gürtelholster und beobachtete seine nackte Frau, wie sie sich aus dem nassen Gummi freikämpfte. Sie mußte sich mächtig anstrengen, um es zu schaffen.

Im nächsten Moment, als das erschlaffte Nilpferd unter ihr dem Beckenboden entgegenschwebte, warf sie sich im Wasser herum. Mit verzweifelten, hastigen Schwimmzügen strebte sie dem anderen Ende des Pools entgegen. Und sie war eine passable Schwimmerin. Bei aller Aufregung ging ihr zumindest diese Fähigkeit nicht verloren.

Lennys Lachen erstarb. Er kniff die Augen zusammen und öffnete sie wieder.

Sie tat es wirklich.

Sie versuchte abzuhauen.

Und wenn sie das Beckenende erreichte, würde sie weglaufen. Nackt wie sie war. Sie würde auf die Cliffwood Avenue hinauslaufen und um Hilfe schreien. Oder sie würde durch den angrenzenden Richmond County Country Club rennen, bis irgendein alter Sack vom Golfspielen aufblickte und sich um sie kümmerte.

Lenny war versucht, einen Wutschrei auszustoßen. Doch er beherrschte sich auch diesmal. Er würde nicht wie ein dämlicher Schuljunge um das Becken herumlaufen, nur damit sie kurz vor dem Rand umdrehte und einfach zurückschwamm. Verdammt, sie war zu jedem idiotischen Spiel fähig, wenn sie ihn nur von den anderen lächerlich machen konnte!

Sein Blick fiel auf die Rettungsstange, rechts, an der Längsseite des Pools.

Fast gemächlich marschierte er los. Ein bösartiges Grinsen formte sich in seinen Mundwinkeln. Das Miststück hatte schon einen kleinen Vorsprung gewonnen. Garantiert rechnete sie sich eine Chance aus. Allright, sie würde gleich merken, wie leicht man sich bei so was *ver*rechnete.

Sie drehte sich nicht um beim Schwimmen. Weil sie wahrscheinlich Angst hatte. Das war wie jemand, der die Augen schließt und glaubt, dadurch unsichtbar zu sein.

Lautlos lachend schnappte sich Lenny die lange, peitschenartige Aluminiumstange. Das Ende bestand aus dem üblichen ovalen Stahlring.

Er hielt mühelos mit der Schwimmenden mit, blieb aber zwei, drei Schritte hinter ihr. Sie sah ihn nicht. Vielleicht *wollte* sie ihn nicht sehen.

Er hob die Stange an, hielt sie waagerecht über die sonnenfunkelnde Wasserfläche. Jeden Punkt im Becken konnte er mit dem Ding erreichen.

Schräg von hinten schob er die Stange auf Marilena zu.

Sie merkte es noch nicht mal dann, als der Stahlring wie ein Heiligenschein über ihrem Kopf schwebte.

Lenny war sich der Tatsache bewußt, daß die Kerle im Wohnzimmer aus dem Staunen nicht herauskamen. Und gleich würden sie für alle Zeiten wissen, wer hier, auf dem Villengrundstück an der Cliffwood Avenue, das Sagen hatte. Hier tat jeder nur das, was der Hausherr wollte.

Einschließlich Mrs. Marilena Guzzo.

Lenny hielt die Stange mit beiden Händen. Seine Fingerknöchel traten weiß hervor. Sorgfältig taxierte er die Position des Stahlrings.

Dann schlug er zu.

Der Ring sauste Marilena über den Kopf.

Schmetterte ihr über Schultern und Schlüsselbein.

Sie war starr vor Schreck und Schmerzen.

Der kantige Stahl riß ihr die Haut auf. Blut strömte in das klare Wasser.

Marilenas Kopf ruckte in den Nacken. Ein Schrei erstarb in ihrer Kehle. Arme und Beine erschlafften.

Lenny machte kehrt. Mit triumphierender Miene zog er Marilena wie eine Jagdbeute durch das Wasser.

Mit beiden Händen zog er sie an der Einstiegsleiter hoch. Es war ein brutaler Akt.

Ihre nackte Haut schrammte über die Leitersprossen. Ihre Knie wurden dabei blutig geschlagen.

»Laß dich hier draußen nicht mehr blicken«, befahl er. »Das ist meine letzte Warnung!«

Alles tat ihr weh. Marilena wußte nicht, wie sie ins Zimmer gelangt war. Ihr Körper brannte wie Feuer, ihre Seele stand in Flammen.

Sie hatte geduscht, sich das Blut abgewaschen. In

einen weißen Hausmantel gehüllt, lag sie auf der weißen Ledercouch und wartete darauf, daß die Schmerzen nachließen.

Die körperlichen Schmerzen ließen sich unter Kontrolle bringen. Marilena spürte, wie ihr das mit jeder Minute besser gelang.

Aber der Schmerz in ihrem Inneren wurde immer stärker. Zunehmende Wut nährte das Höllenfeuer ihrer verletzten Gefühle.

Sie stand auf, durchquerte das große, lichte Zimmer, bis sie auf den Vorplatz der Villa hinabblicken konnte. Ein hochherrschaftliches Rondell, die Zufahrt von Pinien gesäumt. Das Grundstück war einen Hektar groß. Im Inneren des Parks, auf einem von dichtem Grün gesäumten Hügel, gab es einen Hubschrauberlandeplatz. Marilena suchte ihr Handy, überlegte, wo sie es das letzte Mal achtlos beiseite gelegt hatte, wie es ihre Art war.

Während der Suche dachte sie an den Mann, den sie wirklich geliebt hatte. Der ihre Gefühle wirklich erwidert hatte. Es war wie im Märchen gewesen, wie ein wahr gewordener Traum.

Doch das Schicksal hatte sie getrennt. Sie würde ihn niemals wiedersehen können. Er existierte nicht mehr, und doch lebte er noch.

Ja, er lebte nur deshalb noch, *weil* er nicht mehr existierte – nicht mehr als der, der er einmal gewesen war. Deshalb hatte er auch nie versucht, mit ihr Kontakt aufzunehmen.

Marilena verscheuchte die Gedanken, die sie quälten. Sie pflegte ihre Wut und den Seelenschmerz, indem sie sich Lennys Gemeinheiten in Erinnerung rief. Immer mehr hatte er sich zu einem brutalen Macho entwickelt. Je mehr sie für ihn so etwas wie eine Selbstverständlichkeit geworden war, desto unverhohlener hatte er sein wahres Gesicht gezeigt.

Sie fand das Handy auf einem Sideboard, halb von einer Obstschale verdeckt.

Sie nahm es, gab eine Nummer ein, die sie im Kopf hatte, und blickte aus dem Fenster, während sie dem Rufzeichen lauschte.

»Hallo?«

»Bist du's, Howie?« sagte sie, obwohl sie die Stimme ihres Verbündeten längst erkannt hatte.

»Verdammt, von wo rufst du an? Woher weißt du, daß du nicht abgehört wirst? Am besten gibst du gleich eine Mitteilung an die Presse und sagst, was Sache ist.«

»Reg dich nicht auf«, entgegnete sie. »Ich bin zu Hause, in meinem Zimmer. Du weißt, hier ist alles abhörsicher. Das Schwein hat einen Haufen Geld dafür ausgegeben.« Sie lachte erbittert. »Aber daß sich das mal gegen ihn wenden würde, hat er bestimmt nicht erwartet, der Bastard.«

Howard Radusky lachte. »Hat er dir mal wieder was angetan?«

»Verdammt, ja.«

»Nämlich?«

»Darüber will ich nicht reden, Howie.«

»Okay, vergiß es. Und worüber *willst* du reden?«

»Hast du die Informationen weitergeleitet?«

»Ja.«

»Es könnte noch was dazukommen.«

»Hoffentlich keine Änderung.«

»Nein, nein. Eher was Zusätzliches. Weißt du, sie sitzen gerade alle unten und lullen sich gegenseitig ein. Dieses übliche Palaver, bei dem jeder klarstellt, was für ein toller Kerl er doch ist. Lenny hat sich vorgenommen, seinen Ersatzmann für Mike einzuführen.«

»Doch wohl nicht Joe?« Radusky lachte wieder. »*So* blöd kann Lenny doch nicht sein!«

»Himmel, nein, er will – warte mal.« Marilena blickte auf die Zufahrt hinunter. Zwischen den dichten Bäumen war dahingleitender schwarzer Karosserielack zu sehen. Der Wagen, eine schwarze Limousine, näherte sich dem Haus in zügigem Tempo.

»Na, was ist?« drängte Radusky ungeduldig. »Jede Sekunde, die ich mit dir am Telefon hänge, ist eine gefährliche Sekunde.«

»Ich glaube ...«, sagte Marilena gedehnt. Die schwarze Limousine, ein Lincoln Town Car in der Kurzversion, hatte den Vorplatz erreicht. »Ja, er ist es tatsächlich. Wenn man vom Teufel spricht ...«

»Bis jetzt weiß ich noch nicht, von *wem* wir gesprochen haben.«

»Walter«, antwortete Marilena knapp. »Er steigt gerade aus dem Wagen – und geht ins Haus.«

Radusky stieß einen Zischlaut aus. »Heißt das, Walter ist Mikes Nachfolger?«

»Exakt.«

Radusky pfiff laut und überrascht. »Das nenne ich Neuigkeiten. Wird Walter heute abend dabeisein?«

»Weiß ich nicht. Glaubst du, er erzählt mir was? Ich bin doch nur Zaungast, genaugenommen.«

»Aber ein sehr aufmerksamer.« Radusky legte auf.

Gelächter und Gespräche verstummten, als Walter Galante das Wohnzimmer betrat. Lenny hatte den anderen ausführlich und großspurig erklärt, wie ein Mann mit seiner Frau umspringen müsse. Die Sache im Swimmingpool sei nur *ein* Beispiel dafür gewesen, wie er Marilena die Marschrichtung zeigte. Von Zeit zu Zeit brauche sie so was einfach, hatte er lässig erklärt, damit sie nicht übermütig wurde.

Walter Galante war schlank, dunkelhaarig und elegant gekleidet wie immer. Zum nachtblauen Maßanzug trug er ein königsblaues Jersey-Hemd und eine Krawatte mit poppigsilbrigem Muster aus Grau- und Blautönen. Mit seinen achtunddreißig Jahren sah Galante aus wie dreißig.

»Guten Morgen, amichi!« rief er gutgelaunt und steuerte auf einen freien Sessel zu.

Lenny und die meisten anderen hätten ihm dafür sofort in den Hintern treten können. Aber das ließ man besser, denn Walter war gefährlich und heimtückisch wie eine Natter. Das ›amichi‹ zu jeder Begrüßung, wo sie sich nur bot, war seine persönliche Note. Es sollte unterstreichen, daß er ein Neffe Carmine Galantes war, des legendären alten Capos, der auf so schändliche Weise umgebracht worden war.

Ansonsten war Walter Galane ein zuverlässiger Mann. Im Gambetta-Mob war er jahrelang für das Automatengeschäft zuständig gewesen, bevor er die private Müllabfuhr übernommen hatte und in die Gewerkschaft der Fassadenreiniger eingestiegen war.

»Tut mir leid, daß ich ein bißchen spät dran bin«, sagte er mit einer verzeihungheischenden Geste in Lennys Richtung. »Aber ihr habt doch hoffentlich schon angefangen.«

»Wir wurden erst mal abgelenkt«, sagte Joe Parisi und lachte grunzend.

Die anderen stimmten ein. Die Erinnerung an den unglaublichen Anblick vereinte die Männer in jener Art von Heiterkeit, die bei nächster Gelegenheit in zotige Wortspiele ausbrechen würde. Lenny erklärte, was gelaufen war, bevor es ein anderer tat. »Du kennst sie«, schloß der Top-Mobster, an Walter Galante gewandt. »Sie braucht ständig eine harte Hand.«

Galante nickte und grinste. »Und das dürfte wohl nicht das einzig Harte sein, was sie ständig braucht.«

»Das kannst du laut sagen«, erwiderte Lenny mit einer prahlerischen Armbewegung.

Parisi und die anderen lachten leise und glucksend, wußten nicht recht, ob sie loswiehern sollten oder besser ruhig blieben. Schon möglich, daß Lenny sich in seiner Mannesehre leicht gekränkt fühlte. Und dies war nun wirklich nicht der Ort, an dem man einen Streit mit ihm vom Zaun brach.

»Also ...«, sagte Walter Galante und lehnte sich zurück. »Dann kriege ich ja noch alles von Anfang an mit.« Sein Tonfall hörte sich an, als würde *er* die Versammlung eröffnen, nicht der Hausherr.

Die Zurechtweisung durch Lenny folgte prompt. Weder von Ehefrauen noch von geltungsbedürftigen Unterbossen ließ ein Mann wie er sich vorführen.

»Dann wollen wir mal hoffen«, sagte Lenny scharf, »daß du in Zukunft pünktlich bist. Mir liegt nämlich daran, daß du nichts verpaßt. Verstanden?«

»Ja, natürlich«, antwortete Walter sofort. Er wußte, was auf ihn zukam, und er hatte nicht den geringsten Grund, Lenny in irgendeiner Weise herauszufordern.

Lenny nickte zufrieden, besänftigt. Walter Galante hatte sich unterworfen, vor versammelter Mannschaft. Durch sein bereitwilliges Einlenken hatte er gezeigt, daß Lennys Wort für ihn galt. Nichts anderes.

Es war zugleich eine Machtdemonstration für etwaige Zweifler. Besonders nach dem Geschehen des gestrigen Abends war das wichtig. Niemand würde es schaffen, die gewachsenen Machtstrukturen des Gambetta-Mobs aufzubrechen. Niemand würde einen Lenny Guzzo kaputtmachen.

Er schob Mike Fontanas Notebook zur Seite. Dann nahm er den Stapel Morgenzeitungen vom Beistelltisch und breitete sie auf dem Wohnzimmertisch aus.

»Immerhin haben wir eine gute Presse«, sagte er einleitend. »Es entschädigt uns in keiner Weise für den Verlust, den wir hinnehmen müssen. Aber es ist uns zumindest gelungen, das Augenmerk der Öffentlichkeit von Mikes Tod abzulenken.« Er amtete durch. »Von seinem Tod – und von dem schändlichen Mißbrauch, der mit seinem leblosen Körper getrieben wurde. Nun ...« Er faltete die Hände auf den Zeitungen, machte den entspannten Eindruck eines Mannes, der mit sich selbst ins Reine gekommen war. »Wir wissen noch nicht, wer Mike umgebracht hat. Aber wir werden es herausfinden, soviel ist sicher. Dabei steht diese Frage im Moment nicht mal im Vordergrund. Viel wichtiger ist, daß der oder die Mörder Mike Fontanas ihr Ziel nicht erreicht haben – nämlich: mich und unsere gesamte Familie bloßzustellen.« Er schnaufte wie nach einer schweren Anstrengung. »Niemand wird es schaffen, mich lächerlich zu machen. Ich denke, da sind wir uns einig.«

Zustimmendes Gemurmel ertönte.

Lenny blickte mit schmalen Augen in die Runde.

Alle erwiderten seinen Blick; niemand wagte es, ihm auszuweichen. Es wäre einem selbstgeschriebenen Todesurteil gleichgekommen. Joe Parisi und Bertrand Oprescu hatten grimmig entschlossene Mienen aufgesetzt; jeder, vor allem Lenny, sollte ihnen ansehen, daß sie den Mörder Mike Fontanas lieber heute als morgen zur Strecke bringen würden. John Evans und Hank Eisenberg wirkten eher gleichgültig, doch auch sie hielten dem Blick des Hausherrn stand.

Slade und der Rest der Leibwächter hatten in ihren Sesseln die gespannte Haltung von Wachhunden eingenommen. Ein Zeichen ihres Bosses, und sie würden loshetzen und alles niedermachen, was er ihnen befahl. »Unter uns gesagt ...«, fuhr Lenny fort. »Wir wissen natürlich, daß Mikes Tod eine Lücke gerissen hat, die nicht so leicht zu schließen ist.«

Wieder murmelten die Männer Zustimmung.

»Es wird also schwer sein«, setzte Lenny seine Ansprache fort. »Und der Mann, den ich als Mikes

Nachfolger vorgesehen habe, wird sich darüber im klaren sein, welche ungeheure Last er mit dieser Nachfolge auf sich nimmt.«

Alle nickten, alle konnten es sich vorstellen.

Und keiner hätte in Walter Galantes Haut stecken mögen.

Doch Walter blieb äußerlich völlig ruhig.

Lenny sah ihn an. »Damit kommen wir zum entscheidenden Punkt, Walter. Ich habe dich hergebeten, weil ich dich zu Mikes Nachfolger machen will. Bist du bereit?«

»Ja«, antwortete Walter Galante mit heiserer Stimme. Und er bekräftigte: »Ja, ich bin bereit.«

»Dann ist es gut«, sagte Lenny und atmete insgeheim auf. Weil Walter zu spät gekommen war, hatte er schon befürchtet, er hätte es sich anders überlegt. Das wäre kein Wunder gewesen. Einen Mike Fontana zu ersetzen, war immerhin die schwerste Aufgabe, die man sich vorstellen konnte.

Walter straffte seine Haltung. »Ich bin mir der Verantwortung bewußt«, erklärte er feierlich. »Und zugleich weiß ich die Ehre zu schätzen, Lenny. Ich werde alles tun, um mich deines Vertrauens würdig zu erweisen.«

Das Oberhaupt des Gambetta-Mob lächelte gerührt. »Ich bin froh, Männer wie dich um mich zu haben, Walter. Bei aller Trauer um Mike zeigt es mir doch, daß wir vor der Zukunft keine Angst haben müssen.«

Joe Parisi erhob die Hände und klatschte. Sein Gesicht war wie gemeißelt. Das ließ seinen Beifall als eine Geste stummer Ehrfurcht erscheinen. Oprescu folgte Parisis Beispiel, und gleich darauf klatschten alle.

Lenny und Walter standen auf. Kerzengerade und ernst umrundeten sie den Tisch. Einen Moment lang standen sie sich schweigend gegenüber. Dann umarmten sie sich und besiegelten ihren neuen Pakt mit dem Bruderkuß.

Joe Parisi war der erste, der Walter Galante beglückwünschte. Es folgten Bertrand Oprescu und die anderen. Jeder umarmte den Unterboss, der nun Lenny Guzzos Stellvertreter war und zugleich ›verantwortlich‹ für das Glücksspiel, die Pferdewetten, das Kreditgeschäft und die Prostitution. Die Automatenbranche und die private Müllabfuhr würde einer von Walters Vertrauensleuten übernehmen.

Lenny behielt die Verantwortung für die Beziehungen zu den Gewerkschaften und für die Firmenbeteiligungen. Er hatte bereits alles geregelt, und er war stolz auf sich. Auch in Extremsituationen war er noch immer flexibel genug. Selbst vor den allergrößten Herausforderungen würde er niemals kapitulieren.

Denn alles, was geschah, lief immer wieder auf das eine hinaus: Er, Lenny Guzzo, war der Größte.

Punkt.

5

Es war Samstagabend, und die Stadt strömte ihren unvergleichlichen Geruch aus. Der Asphalt strahlte die Wärme des zu Ende gehenden Tages aus; die Autos reicherten die Asphaltwärme mit ihren Abgasen an. Die Hot-Dog-Wagen an den Straßenecken steuerten den Brandgeruch ihrer heißen Brezeln bei. Cafeterias und Luncheonettes, Bars und Restaurants bereiteten sich mit intensiven Küchendüften auf den Ansturm des Abends vor. Es war zehn Uhr, und bald würden die Theateraufführungen, die Musicals und die Bühnen-Shows beendet sein.

Die Menschen in Manhattan waren sommerlich gekleidet. Und beileibe nicht alle, die sich im Theaterdistrikt aufhielten, gelüstete es nach gehobener Kultur. Noch immer beherbergte die Gegend den Rotlichtbezirk.

Norman Pollock verließ den schmalen, düsteren Eingang der U-Bahn-Station an der Eighth Avenue, Ecke 50th Street. Die Abendstimmung, verbunden mit der Ahnung des Verruchten, nahm ihn gefangen. Es war noch nicht dunkel, doch das Tageslicht hatte bereits stark abgenommen.

Pollock war ein Mann von fünfundfünfzig Jahren, die Halbglatze und zwanzig Kilo Übergewicht ließen an seinem Alter keinen Zweifel. Seine Frau saß zu Hause auf Staten Island und ließ sich vom Fernsehprogramm berieseln. Sie trug ihren sackförmigen alten Jogginganzug und wahrscheinlich Lockenwickler. Er konnte sich nicht mehr merken, zu welchen Tageszeiten sie *keine* Lockenwickler trug. In seiner Vorstellung existierte sie nur noch mit den bunten Plastikröllchen auf dem Kopf.

Wenn er ihr sagte, daß er ins Kino gehe, hörte sie kaum noch hin. Und wenn er zurückkehrte, lange nach Mitternacht, schnarchte sie vor der Wiederholung der ›David Letterman‹-Show.

Pollock schlenderte die Avenue hinunter, den vierziger Straßen entgegen. Er wußte, wo er den Sex bekam, den er wollte. Aufregend und preisgünstig. Das ließ sich durchaus kombinieren. Nackte Models, die auf Theken herumturnten und sich an Turnstangen festhielten, waren nicht sein Ding. Frauenkörper mußten nicht ebenmäßig sein. Nur aufregend. Da genügte es meist schon, wenn sie keinen Jogginganzug und keine Lockenwickler trugen.

An der Sechsundvierzigsten bog Pollock nach rechts ab und spazierte hinunter bis zur Tenth Avenue. Als er vor dem DON'T WALK der Fußgängerampel wartete, löste sich eine füllige Schwarze aus einem Haueingang und wiegte sich auf ihn zu.

»Hey, Honey, was willst du da drüben?« fragte sie mit einer Stimme, die aus Tabakrauch und Whiskey zusammengesetzt war. »Mann, da hast du doch nichts zum Anfassen, außer dir selbst!« Mit einer Kopfbewegung zeigte sie auf sein Ziel, auf der anderen Straßenseite. Grellrote Leuchtbuchstaben glühten über den zugehängten Erdgeschoßfenstern des Hauses.

EROSEX

In Höhe der Fenstersimse lief ein Band mit schwarzen Buchstaben, die von Rotlicht erhellt wurden.

... peep show ... XXX show ... new hot girls ... peep show ... your favorite XXX movies ... peep show ...

Pollock sah die schwarze Prostituierte an und bekam Angst vor dem Gedanken, mit ihr allein in einem Zimmer sein zu müssen. »Danke, vielen Dank«, stammelte er und fühlte sich wie erlöst von dem WALK, auf das die Ampel umsprang.

»Wichser!« schrie die Schwarze ihm nach. »Blöder alter Wichser!«

Pollock zog den Kopf zwischen die Schultern. Obwohl ihn der Pulk der Fußgänger schützte, wagte er es nicht, sich umzudrehen. Er befürchtete, daß die Hure ihn verfolgte, obwohl sie das niemals riskieren würde. Sie konnte sich ebensogut auf dem nächsten Polizeirevier melden und sich freiwillig einsperren lassen. Die Cops waren allgegenwärtig im Times Square District. Pollock war froh, als er die vertrauten Eintrittsformalitäten im EROSEX erledigt hatte und in einer Kabine verschwinden konnte. Er stopfte Kleingeld in den Automaten und genoß den Moment, in dem die Metallblende hochglitt und das aktentaschengroße Fenster freigab.

Das Girl auf der Drehscheibe lag im schattenfreien Scheinwerferlicht. Leise Instrumentalmusik ertönte aus verborgenen Lautsprecherboxen.

Die Standardposen in Rückenlage waren dran, einschließlich der verschiedenen Beinbewegungen bis hin zum extremen Spreizen. Pollock setzte sich und starrte. Er saß vornübergebeugt. Die Erregung packte ihn, und er genoß es mit jeder Sekunde mehr.

Die Nackte kannte er noch nicht. So war es immer. Der Hauptgrund, weshalb das EROSEX sein Stammlokal war. Nie wurde es langweilig, denn man kriegte kein Weib zweimal zu sehen, wenn man nicht gerade jeden Tag kam.

Sie war schwarzhaarig und prachtvoll gebaut, entsprach genau dem Schönheitsideal des hingerissenen Betrachters. Diesen Hungerhaken auf den Titelseiten der Illustrierten konnte er nichts abgewinnen.

Sie setzte sich auf und lächelte in die Kabinenfenster. Dank der Drehscheibe hatte es den Anschein, als würde sie jeden Gast persönlich anlächeln.

Die Musik änderte sich. Pollock konnte dieses Techno-Hämmern nicht leiden, aber die Inhaber des Ladens mußten wohl auf jeden Musikgeschmack eingehen. Aber kamen überhaupt junge Leute hierher?

Auch das Girl auf der Drehscheibe verzog das Gesicht. Sie verzog es ziemlich heftig. Sie schrie. In der Kabine hörte man sie kaum. Sie sprang auf, ihr Kopf ruckte gehetzt hin und her. Sie konnte nicht weg.

Aber weshalb suchte sie einen anderen Ausgang, als den plüschroten Vorhang, hinter dem sie hervorgekommen war? Nervte das Techno-Stakkato sie so sehr, daß sie schreiend davonlaufen mußte?

Der nächste Sekundenbruchteil brachte die Erklärung.

Der Mann in der Kabine begriff.

Das Hämmern wurde nicht elektronisch erzeugt.

Es sollte überhaupt kein Schlagzeug ersetzen. Es hatte nichts mit Musik zu tun. Nicht das geringste.

Für den Schock blieb keine Zeit.

Das Grauen kam sofort.

Ohne die schonende Schrecksekunde.

Jäh wurde der rote Vorhang erfaßt.

Wie von einer Bö.

Norman Pollock saß wie gelähmt, die Augen geweitet, den Mund aufgerissen.

Die Nackte auf der Drehscheibe wollte sich hinwerfen. Sie schaffte es nicht mehr.

Kein stürmischer Luftzug trieb den Vorhang herein. Es war das Körpergewicht eines Mannes; es riß den roten Stoff aus Haken und Schiene.

Der Mann flog herein, die Arme ausgebreitet, als würde er segeln. Im Flug schüttelte es ihn durch. Einschüsse waren es.

Die ungeheure Wucht der Geschosse schleuderte den Mann gegen die nackte Frau. Sein Kopf traf den ihren.

Bewußtlos brach sie zusammen, wurde unter ihm und seinem Blut begraben, und sie drehten sich gemeinsam – der Tote und die Bewußtlose.

Norman Pollock hörte sich schreien.

Das Hämmern hörte nicht auf.

Lauter jetzt, da der Vorhang fehlte, schien es näher zu kommen. Es wurde schärfer, metallischer.

Pollock wußte inzwischen, daß es Maschinenpistolen waren. Er wußte auch, er hätte sich hinwerfen müssen. Aber seine Muskeln gehorchten ihm nicht. Nur seine Stimmbänder arbeiteten, produzierten diesen heiseren Dauerschrei, den er nicht wollte.

Hinter dem Durchgang gellten Stimmen, wüteten die MPis.

Gestalten bewegten sich schnell und schattenhaft, gehetzt von tödlicher Gewalt.

Und wieder flog ein Mann herein.

Er überschlug sich fast in der Luft, krachte auf die Drehscheibe und riß die reglosen Körper ein Stück mit. Dann drehten sie sich zu dritt.

Pollock spürte, wie sein Herz raste. Endlich war er soweit, daß sich die Verkrampfung löste, daß er in Deckung gehen konnte.

In diesem Moment trieb es den dritten Mann in den Raum, der längst zum Versammlungsraum des Todes geworden war. Pollock erstarrte von neuem.

Dieser Mann kam vorwärts. Stolpernd. Bei jedem seiner kraftlos werdenden Schritte trafen ihn zwei oder drei Projektile in den Rücken.

Sein Stolpern ließ ihn die Drehscheibe erklimmen. Er warf die Arme hoch. Der Mann lebte noch!

Trotz allem lebte er noch!

Pollock spürte, wie sein Herzschlag aussetzte.

Das düstere Gesicht an der Glasscheibe flehte ihn um Hilfe an. Ausgerechnet ihn.

Sein Kreislauf begann zu versagen. Drehschwindel setzte ein. Angst fiel ihn an wie ein Tier. War dies auch sein Ende? Ein letzter Einschuß traf den Düsteren.

Splitter flogen auf Pollock zu. In den Splittern das Projektil, schon stark verformt. Dann das Blut des Düsteren.

Norman Pollock, der Stammgast der Peepshow, versank in einem Meer von Blut.

Es war seine letzte Wahrnehmung, und er wußte es. Denn auf dem Grund dieses Meeres gab es keine Finsternis, in der er hätte versinken können. Statt dessen einen Tunnel mit einem so unbeschreiblich hellen Licht, wie er es niemals zuvor gesehen hatte.

Dieses elende Gefühl packte mich schon, als wir auf den Hinterhof jagten. Das Gefühl, zu spät zu kommen.

Denn der Hof war zugeparkt mit Limousinen, Minivans und Geländewagen.

Wegen der hohen Einfriedigungsmauer war dort so gut wie nichts zu sehen.

Ich ließ die Fensterscheiben herunterschnurren, kaum daß wir durch die Einfahrt gerauscht waren.

»Erreichen Einsatzposition!« rief Phil in das Mikro. »Zehnte Avenue und Sechsundvierzigste! Rückseite Grundstück ›Erosex‹.«

Es war fast dunkel geworden.

Schwarze Schatten füllten den größten Teil des Hofes aus. Über der Hintertür aus schmucklosem, grauem Stahlblech brannte nur eine winzige Funzel, kaum mehr als eine Notbeleuchtung. Das Licht reichte keine zwei Meter weit.

Rasant zog ich den Chevy in der Hofmitte herum. Die Reifen radierten kreischend.

Phil klinkte das Mikro ein. Die MPi lag bereits auf seinen Knien, fertig geladen mit einem Doppelmagazin.

Steve, Zeery und der Rest der Kollegen waren im Anmarsch. In Sekunden würden sie zur Stelle sein.

Ich ließ das Heck des Chevy im Halbkreis wedeln, bis wir quer vor den Kühlerhauben zum Stehen kamen, die alle Richtung Straße zeigten.

Jetzt hörten wir die Schüsse.

Maschinenpistolen.

Ich hatte mich nicht getäuscht. Raduskys Hinweis stimmte hundertprozentig, aber die Katastrophe hatte ihren Lauf um Minuten zu früh genommen.

Phil stieß die Tür auf und warf sich ins Freie.

Seine Schnelligkeit rettete ihm das Leben.

Schüsse krachten aus unmittelbarer Nähe.

Haargenau in dem Moment, in dem ich nach vorn tauchte.

Projektile fauchten durch die Türöffnung auf der Beifahrerseite.

Ein Sengen strich mir über den Nacken, wie von einem Brandeisen. Ich hörte Phil fluchen. Zwei, drei Geschosse hieben schmetternd ins Karosserieblech.

Ich riß die MPi aus der Halterung vor dem Sitz. Und ich stieß die Tür auf, ohne wieder hochzukommen.

Pistolenschüsse krachten weiter.

Eine MPi mischte mit.

Mindestens zwei Kerle waren es also, mit denen wir es zu tun hatten.

Ich kugelte über den Asphalt. Spähte unter dem Wagenboden hindurch. Phil robbte Richtung Heck.

Die Schüsse kamen noch immer aus derselben Richtung. Sie hatten versucht, mich zu erwischen. Jetzt würden sie sich auf Phil einschießen – um ihn zu erledigen, bevor er Deckung fand.

Ich baute auf diese Kalkulation.

Zeit zum Überlegen war nicht.

Die nächste Zehntelsekunde konnte Phils Leben kosten. Deshalb federte ich auf die Beine.

Im Hochkommen hatte ich die MPi durchgeladen, entsichert und im Anschlag. Die Visierlinie war meine Blickrichtung. Für den Blick über das Wagendach hatte ich einen winzigen Moment.

Ich sah die Mündungsblitze und zog durch. Im selben Sekundenbruchteil. Die MPi hämmerte und rüttelte an meiner Schulter. Feuerstoß um Feuerstoß jagte ich hinaus.

Die Kugeln schlugen Sicherheitsglas in Stücke, schrammten heulend über Karosserieblech.

Phil feuerte ebenfalls.

Also war er in Deckung. Erleichtert ließ ich mich

fallen. Sofort richtete ich mich halb wieder auf. Geduckt huschte ich zur Motorhaube, spähte zu den Fahrzeugen hin.

Phils MPi verstummte.

Die Mündungsblitze waren ausgelöscht.

Keine Schüsse mehr.

Zwischen den Wagen, hinter denen die Schießer gelauert hatten, rührte sich nichts mehr.

Auch im Haus war es still geworden.

Eine unheimliche Stille, die das Gefühl, zu spät zu kommen, in mir verstärkte.

»Phil?« sagte ich halblaut.

»Okay«, antwortete er vom Wagenheck her.

Das bedeutete, wir würden hineingehen. Jetzt sofort. Ich steckte das Doppelmagazin der MPi um; die volle Feuerkraft der vollautomatischen Waffe stand mir wieder zur Verfügung. Außerdem hatte ich noch den Magnum-Smith mit einem halben Dutzend Reserve-Speedloadern.

Motorgeräusch näherte sich, schwenkte auf den Hof ein. Die Kollegen waren zur Stelle. Phil informierte sie über die Lage; ich hörte ihn leise in sein Walkie-talkie sprechen. Was er sagte, konnte ich nicht verstehen. Also würden unbefugte Ohren es auch nicht verstehen.

Es dauerte keine Sekunde, bis er das Funkgespräch beendet hatte.

Ich schnellte los.

Geduckt überquerte ich die freie Fläche vor unserem Dienst-Chevy. Unbeschadet erreichte ich die Gasse zwischen zwei Wagen. Sie gehörten zu jenen, die wie Kraut und Rüben geparkt waren. Links ein Jeep Cherokee Limited, schwarz wie die Nacht, rechts ein hellblauer Ford Windstar.

Zwischen den Vorderrädern der beiden Wagen ging ich in die Knie und verharrte. Horchte. Spähte in die

Dunkelheit. Nur jenseits der Fahrzeughecks war die matte Helligkeit der Türbeleuchtung.

Noch immer rührte sich nichts.

Die Schüsse konnten nicht ungehört geblieben sein. Wir hatten die Schüsse aus dem EROSEX gehört. Also mußten die Kerle dort drinnen auch mitgekriegt haben, was sich hier draußen abspielte.

Das Motorgeräusch endete hinter mir auf dem Hof. Zwei Wagen. Steve Dillaggio und Zeerookah. Joe Brandenburg und Les Bedell. Weitere Kollegen waren inzwischen vorn auf der Tenth Avenue und an der Einmündung der Sechsundvierzigsten in Stellung gegangen. Auch im Nachbargebäude hielten sich mittlerweile Kollegen auf; ihr Job war es, mögliche Verbindungswege dichtzumachen.

Koordinator des Einsatzes war John D. High, unser Chef. Er hatte das Revier Midtown-South bereits verständigt. Alle Streifenwagen-Besatzungen wußten über unseren Einsatz Bescheid. Die Cops würden im Handumdrehen zur Stelle sein, wenn wir Unterstützung brauchten.

Es sah nicht so aus, als ob wir auf dem Weg zur Hintertür noch Ärger kriegen würden. Ich nahm die MPi in die Linke, drehte mich um und gab Phil ein Handzeichen. Ich sah den hellen Fleck seiner Hand als Bestätigung und setzte mich in Bewegung.

Die MPi schußbereit, im Hüftanschlag, drang ich in die Gasse vor.

Nach zwei Schritten verharrte ich erneut. Noch immer herrschte Stille auf dem Hof. Auch im Gebäude rührte sich nichts. So schien es jedenfalls. Die Besucher der Peepshow hatten längst die Flucht ergriffen, waren Hals über Kopf auf die Straße gerannt, noch bevor wir den Hinterhof erreicht hatten.

Zwischen den lackglänzenden Seitenwänden der Wagen ging ich erneut in die Knie. Ich legte den Kopf in den Nacken. Alle Fenster in den oberen Stockwerken waren dunkel, auch in den Nachbarhäusern. Erfahrungsgrundsätze der leidgeprüften New Yorker. Licht aus, wenn Schüsse fallen. Das schützt zwar nicht vor verirrten Kugeln, aber es zieht die gezielten Kugeln wenigstens nicht an.

Irgend etwas stimmte nicht.

Es war zu einfach.

Wenn uns die Gangster ein Rückzugsgefecht liefern wollten, hatten sie die beste Gelegenheit dazu, bevor wir ins Gebäude eingedrungen waren. Also warum, zum Teufel, taten sie es nicht?

Was wir bis jetzt erlebt hatten, war nur Geplänkel gewesen. Ich rechnete mit Schlimmerem. Für Lenny Guzzo stand zuviel auf dem Spiel. . Einen weiteren Mißerfolg konnte er sich nicht leisten. Der Information zufolge sollte er schwere Geschütze aufgefahren haben, was immer das bedeuten mochte.

Ich ließ mich zu Boden sinken. Den Vorderschaft der MPi hielt ich zwischen Daumen und Zeigefinger der rechten Hand. So verursachte die Waffe kein verräterisches Geräusch auf dem Asphalt.

Ich machte mich lang, spähte unter den Wagenboden hindurch. Meine Augen hatten sich an die Dunkelheit gewöhnt. Zumindest Konturen vermochte ich auszumachen.

Rechter Hand, beim übernächsten Wagen, gingen die Umrisse der Hinterräder in unförmige Schatten über. Die beiden MPi-Schießer, die uns aufgelauert hatten. Sie hatten ihre Heimtücke nicht überlebt.

Ich sah mich weiter um, aber da waren nur Räder.

Nichts bewegte sich.

Ich wandte mich um. Eine kaum erkennbare Handbewegung signalisierte mir, was ich wissen mußte. Phil war zur Stelle, in Deckung hinter dem vorderen rechten Kotflügel des Ford Windstar. Auch die Kollegen waren in Stellung gegangen. Unsere Feuerkraft hatte sich verdreifacht.

Ich richtete mich auf, setzte meinen Weg fort. Lautlos näherte ich mich dem Heck des Ford. Die Gasse verbreiterte sich, da die beiden Wagen in spitzem Winkel zueinander standen. Ich mußte weiter nach rechts, denn dort befand sich der Hintereingang des Hauses.

Den Reflex sah ich nur am Rand meines Blickfelds.

Links.

Viel zu kurz, um genau zu erkennen, was es war.

Geistesgegenwärtig tauchte ich dennoch weg, schnellte nach vorn.

Das hintere Seitenfenster des Jeep flog auseinander.

Es krachte ohrenbetäubend.

Und das Krachen setzte sich fort.

Dumpf hackend drang es aus dem Inneren des Jeep.

Dort, wo ich eben noch gestanden hatte, klatschten Projektile in den Asphalt. Ich rollte mich ab.

Der Kerl im Jeep feuerte unaufhörlich. Mit einer Beretta 92F oder einer Glock konnte er sich das leisten. Die Magazine faßten immerhin achtzehn Schuß.

Die Kugeln wanderten weiter – von mir weg.

In dem Moment, in dem mir das klar wurde, federte ich auf die Beine und wirbelte herum.

Der Kerl hatte auch die vorderen Wagenfenster zerschossen und Phil in Deckung gezwungen. Jetzt wollte er sich wieder um mich kümmern. Ich sah den matten Stahl, als er die Waffe schwenkte. Er hockte auf der hinteren Sitzbank des Geländewagens.

»Laß fallen!« rief ich schneidend, denn ich hatte ihn längst in der Visierlinie. »Die Waffe weg, oder ich schieße gezielt!«

Er gehorchte nicht.

Doch er versuchte auch nicht, trotz allem noch zu feuern.

Er tat etwas, womit ich nicht im geringsten rechnete.

Er brach in Gelächter aus – in höhnisches, triumphierendes Gelächter.

Und im selben Augenblick wußte ich, was los war.

Dem Schnappen einer aufspringenden Tür folgte das schnelle Scharren von Schritten. Drei, vier Männer. Mindestens.

»Jerry!« brüllte Phil.

Ich brauchte nicht zu rätseln, was er meinte. Mir genügte dieser Sekundenbruchteil, um es zu wissen. Die Jahre als Team, die Erfahrung als Dienstpartner – alles zusammen machte dies möglich.

Ich ließ mich fallen. Kippte einfach weg wie ein nasser Sack.

Die Schüsse hallten wie Donner zwischen den Hauswänden des Hofs – noch bevor ich die halbe Fallstrecke hinter mich gebracht hatte.

Ich konnte nicht sehen, was geschah, doch ich spürte den sengenden Hauch der Geschosse, wie sie über mich hinwegstrichen.

Phils Magnum-Revolver wummerte beruhigend, Zuversicht spendend. Das scharfe Bellen einer Pistole war hinter mir. Auch aus dem Jeep krachte es wieder.

Phils Magnum-Geschosse hatten beides ausgelöscht, als ich auf dem Boden landete.

Ich warf mich herum, rollte mich weg.

Unter den Ford.

Ich erreichte das schützende Wagenheck mit knapper Not.

Da brach der Teufelstanz erst richtig los.

Ein mörderisches Hämmern auf breiter Front.

Geschosse hieben wie Hammerschläge in den Asphalt.

Zwei, drei Kugeln zupften an meiner Jacke. Mein Abrollen endete an der Hinterachse des Ford.

Ein Schwarm von Kugeln stanzte ein Siebmuster in die senkrechte Heckklappe des Wagens.

Die Kerle rückten vor, nutzten die schon halb zerschossenen Wagen als Deckung. Mich wollten sie buchstäblich überrollen. Als Gegner schienen sie mich nicht mal mehr ernst zu nehmen.

Und tatsächlich gelang es ihnen, Phil und die Kollegen in Deckung zu zwingen.

Ich entwickelte meine Taktik während eines Atemzugs. Ich mußte dorthin, wo sie mich am allerwenigsten vermuteten. Und ich mußte schnellstens dorthin. Denn die Kollegen brauchten die Möglichkeit, eingreifen zu können.

Das MPi-Hämmern wollte einfach kein Ende nehmen.

Ich machte mich flach auf dem Boden, das Gesicht nach unten, und robbte unter der Hinterachse hindurch. Ohne Pause, so schnell ich konnte, glitt ich weiter. Auch die Vorderachse überwand ich zügig. Die MPi in der Rechten, drehte ich mich auf den Rücken. Ich packte den breiten Kunststoffwulst der Stoßstange. Zog mich hoch. Vor mir dehnten sich die schräg abfallende Motorhaube und die Windschutzscheibe, noch vollständig in ihrer dunkel getönten Glätte.

Phil hatte die Stellung gewechselt, kauerte links von mir, hinter der Kühlerhaube des Jeep. Ich sah das Weiß seiner Augen, als er ungläubig herüberstarrte.

Der Höllenlärm der Maschinenpistolen vereitelte unseren Verständigungsversuch. Doch ich hatte ohnehin nicht vor, mich von Phil bremsen zu lassen. Ich verschwendete keine Zeit.

Die MPi-Schießer feuerten durch die Gassen zwischen den Wagen. Gut so.

Vor Phils fassungslosen Augen stieg ich auf die Stoßstange, reckte die Arme und die MPi hoch. Ich stieß mich ab. Katapultierte mich empor mit der vollen Kraft meiner Beinmuskeln.

Ich rutschte die Schräge hinauf. Bekam die Dachkante zu fassen, fabrizierte einen Klimmzug mit der Linken. Mein gelegentliches Freeclimbing-Training kam mir zugute.

Übergangslos glitt ich auf das Dach, schob mich weiter, die MPi schußbereit.

Das Hämmern der Schüsse hatte einen anderen Klang, aus der Höhe.

Und ich hatte den Überblick.

Weniger als eine halbe Sekunde brauchte ich, um die hintere Dachkante zu erreichen.

Und da sah ich sie.

Breitbeinige Silhouetten vor dem Funzellicht.

Beim Magazin-Umstecken mußten sie sich abgewechselt haben. Konzentriert und mit unverminderter Verbissenheit fächerten sie die Kugelgarben.

Phil und die Kollegen hatten keine Chance, konnten es nicht riskieren, auch nur eine Nasenspitze zu zeigen.

Die Gangster beharkten praktisch den ganzen Hof.

Der, der mir am nächsten stand, feuerte in die Gasse, durch die ich gekommen war.

Er bemerkte mich im selben Moment.

Ich hatte die MPi im Schulteranschlag, nutzte die Dachkante als Auflage für die Ellenbogen.

Der Schießer, ein Schrank von einem Kerl, schwenkte die MPi noch, ohne mit dem Feuern innezuhalten.

Seine Kugeln sägten durch die Fensterscheiben und die Dachholme. Das Blech unter mir vibrierte.

Ich zog durch.

Die ersten Kugeln jagte ich ihm in die Arme. Das hieb ihm die MPi nach unten. Ob er sich in die Füße schoß, vermochte ich nicht festzustellen. Dazu war beim besten Willen keine Zeit. Mit zwei weiteren Projektilen machte ich ihn kampfunfähig.

Das Feuer seiner Komplizen geriet ins Stocken.

Ihr Überlegenheitsgefühl war weg. Eben noch die Kings der Lage, gerieten sie schlagartig in die Defensive.

Die ersten Schüsse krachten vom Hof her.

Phil stürmte in die Gasse.

Steve, Zeery und die anderen hatten den Sinn meiner Aktion sofort erfaßt. Und gemeinsam ließen wir den Gangstern keine Chance mehr. Phil und ich setzten ihnen kurzes und hartes Sperrfeuer hinter den Rücken.

Das reichte.

»Nicht schießen!« schrie einer. »Nicht mehr schießen!«

Vielleicht hatten sie es auch im Duett geschrien.

Es spielte keine Rolle, denn wir erfüllten ihnen den Wunsch. Als wir sie entwaffnet und mit Handschellen verziert hatten, sagten sie uns bereitwillig, was wir noch wissen mußten.

Drinnen saß nur noch einer von ihnen.

Der Leiter ihrer Aktion.

Sein Name war Walter Galante.

Die Frau tauchte auf, bevor wir einen konkreten Schritt planen konnten.

Wir hatten alles Erforderliche veranlaßt, die Kollegen an den übrigen Einsatzpunkten verständigt und Mr. High benachrichtigt.

Auch die ersten Streifenwagen der City Police rückten an.

Galante saß wie die Maus in der Falle.

Soweit war alles geregelt. Wir warteten auf die letzten Funkbestätigungen, als plötzlich die Hintertür aufschwang. Weit genug, um selbsttätig in eine im Boden verankerte Arretierung zu klicken.

Die Frau trat ins trübe Licht.

Sie sah dabei aus, als handelte es sich um das Selbstverständlichste, was sie tun konnte.

Dabei war es wie eine Szene aus einem Horrorfilm.

Die Frau war nackt und blutete aus mehreren Wunden. Ein eisiger Hauch kroch mir über den Rücken. Ich erschauerte bei dem Gedanken, was diese Frau durchgemacht haben mußte.

Da wir uns nicht auf dem Set von Dreharbeiten für einen Hollywood-Film befanden, war alles an dieser Szene Wirklichkeit.

Die Frau war hilflos und brauchte sofort medizinische Versorgung, doch wir konnten ihr nicht helfen.

Denn im selben Moment, als ich auf sie zuging, erscholl die Stimme aus der offenen Tür.

»Ich habe Sie vor dem Lauf, G-men! Eine falsche Bewegung, ein falsches Wort, und sie stirbt! Ist das angekommen?«

»Ja, verstanden«, antwortete ich und trat noch einen Schritt weiter nach rechts, bis ich in den Korridor spähen konnte, an den Schultern der Nackten vorbei.

Ihre Augen weiteten sich in Todesangst, flehten mich an, um Himmels willen zu gehorchen.

»Stehenbleiben!« kreischte es aus dem rötlichen Dämmerlicht. »Bleib stehen, verdammter Bulle, oder es ...« Er endete abrupt, und nach einem Moment folgte ein dumpfes »Auch das noch – Cotton!«

Er hatte mich erkannt, aber das half mir nicht, die Lage gelassener zu sehen.

Ich versuchte, der Frau mit meinem Blick Mut zuzusprechen. Ob mir das gelang, war höchst zweifelhaft. Die Todesangst wollte einfach nicht aus ihren Augen weichen. Sie zitterte vor Kälte, trotz der angenehmen Temperatur dieses Juniabends.

»Galante«, sagte ich so ruhig wie möglich. »Treffen Sie die richtige Entscheidung. Noch haben Sie die Chance, diese Sache ehrenvoll zu Ende zu bringen.«

Er lachte schrill.

»Was war das? Originaltext aus dem Psychologieseminar der FBI-Akademie Quantico? Überschrift: Wie bringe ich einen Geiselnehmer dazu, seine Waffe wegzuschmeißen und mir um den Hals zu fallen?«

»Okay, Sie neunmalkluger Geiselnehmer«, entgegnete ich. »Da Sie ja alles wissen, brauchen wir uns nichts vorzumachen. Sie werden diese Sache nicht durchstehen, das müßte Ihnen klar sein.«

Er lachte erneut.

»War das jetzt aus dem Quantico-Seminar? Klingt mir eher nach Klamottenkiste!«

»Es *war* aus der Klamottenkiste«, bestätigte ich kalt. Ich wechselte einen Blick mit meinen Kollegen. Phil nickte mir zu. Die Funkbestätigungen waren also da. Der Laden war dicht. Ich konnte mein Programm abspulen. Die Kollegen würden bereit sein, in jeder Sekunde blitzschnell einzugreifen.

»Dies ist nicht der Zeitpunkt zum Witzemachen!« schrie Galante. »Hier kann jeden Moment gestorben werden! Merken Sie sich das, Cotton!«

»In Ordnung«, antwortete ich und wollte vorsichtshalber hinzufügen, daß ich bereit war, ihm jeden Wunsch zu erfüllen. Doch dazu kam ich nicht.

»Rafaela!« rief er klirrend. »Komm zurück! Sofort! Los, los, beweg dich, oder du kriegst die erste Kugel in deinen Hintern!«

Ich wollte ihn auffordern, den Unsinn zu lassen. Doch ich konnte ihn nicht sehen, konnte daher nicht einschätzen, wie ernst es ihm war. Ich nickte Rafaela kaum merklich zu, schloß die Augen und öffnete sie wieder. Sie zitterte heftiger, setzte sich langsam und vorsichtig in Bewegung – rückwärtsgehend.

Ich glaubte, Galantes Augen zu sehen, irgendwo in dem düsteren Rot des Innenraums.

»Die Scharfschützen gehen in dieser Minute in Position«, sagte ich, und gleichzeitig bewegte ich mich, ohne mich zu bewegen. Langsam, zentimeterweise, schob ich einen Fuß nach dem anderen voran, und mein Oberkörper blieb dabei wie ein Standbild.

Nicht einmal Rafaela kriegte es mit. Die Furcht steckte ihr zu tief in den Knochen. Ich war fest entschlossen, alles zu tun, damit diese Tortur möglichst bald für sie beendet war.

»Scharfschützen!« trompetete Galante. »Soll ich jetzt wiehern oder was? Seit wann schießen die durch Mauern?« Rafaela erreichte die offenstehende Tür.

Jetzt, auf einmal, bemerkte sie, daß ich ihr folgte. Der Schreck in ihren Augen erlosch gleich wieder. Sie schöpfte Hoffnung.

»Irgendwie werden Sie ja weg wollen«, entgegnete ich eisig. »Spätestens wenn Sie in einen Fluchtwagen steigen, erwischen wir Sie.«

»Bluff Nummer siebenundzwanzig aus dem Quantico-Seminar!« Er kicherte. »Oder war's wieder die Klamottenkiste?«

Rafaela war drinnen.

Ich erreichte die Türschwelle.

Einen Schritt nach ihr.

Im selben Moment kriegte er es mit.

Er schrie wie ein Waschweib.

»Cotton! Verdammt noch mal! Dafür stirbt sie! Ist Ihnen das klar, Sie dämlicher ...«

»Nein«, unterbrach ich ihn schroff.

Er rechnete mit einer Fortsetzung meiner Antwort.

Sein Fehler.

Denn statt dessen traf ihn die Schrecksekunde.

Mit voller Wucht.

Noch während ich das ›Nein‹ hervorstieß, warf ich

mich auf Rafaela. Blitzschnell. Mit aller Kraft riß ich sie zu Boden. Ihr Schrei klirrte in meinen Ohren.

Galante brüllte vor Wut. Er feuerte – um die Dauer der Schrecksekunde zu spät.

Viel zu hoch strich das Blei über uns hinweg – dort, wo wir eben noch gestanden hatten.

Ich schützte die zitternde Frau mit meinem Körper. Ich preßte ihren Kopf an mich, und sie wurde still.

Die nächste Sekunde würde alles entscheiden.

Galante würde weniger als diese Sekunde brauchen, um seine Waffe zu senken. Und wahrscheinlich genügte schon eine einzige Kugel, um Rafaela und mich zu töten.

Doch Phil reagierte exakt so, wie ich es erwartet hatte.

»Stop!« peitschte seine Stimme von der offenen Tür her. »Lassen Sie es sein, Galante! Sie sind ein toter Mann, bevor Sie abdrücken.«

Keine Antwort.

Kein Schuß.

Meine Nerven spannten sich zum Zerreißen. Ich riskierte einen vorsichtigen Blick. Dazu mußte ich den Kopf nur wenig bewegen.

Phil lag auf dem Boden, knapp außerhalb der Türschwelle, die Maschinenpistole im Schulteranschlag. Der Lauf der Waffe war so ruhig, als hätte er sie in einen Schraubstock gespannt.

Mein Freund und Kollege hatte sein Ziel im Visier.

Mit tödlicher Sicherheit.

Ich sah es, als ich den Blick in die entgegengesetzte Richtung wandte.

Walter Galante saß dort, im rötlichen Halbdunkel. In dem dicken Polstersessel sah er aus, als hätte er es sich gemütlich gemacht.

Nur die klotzige Glock störte diesen Eindruck.

Er hielt sie in beiden Händen. Die Fingerknöchel

zeichneten sich weiß ab. Der Lauf der Waffe war noch waagerecht. Und er wußte, daß er es nicht mehr schaffen konnte, ihn schnell genug abzukippen, ohne einen Fehlschuß zu riskieren.

Meine Kalkulation war aufgegangen. Die Schrecksekunde hatte ihm einen Strich durch die Rechnung gemacht.

»Drehen Sie die Waffe zur Seite!« ordnete Phil an. Seine Stimme war schneidend wie Klingenstahl. »Sichern Sie sie, und lassen Sie sie neben den Sessel fallen. Dies ist ein FBI-Einsatz, Galante. Wenn Sie eine falsche Bewegung machen, sind Sie ein toter Mann.«

Galante keuchte. Seine Verzweiflung war herauszuhören.

»Ah!« sagte er voller Bitterkeit. »Der alte FBI-Grundsatz: Wir schießen, um zu töten. Das ist es doch, oder?«

»Ich kenne einen solchen Grundsatz nicht«, entgegnete Phil. »Und jetzt entscheiden Sie sich. Sonst muß ich Gewalt anwenden.«

»Also doch«, schnaufte der Mobster entnervt.

In seiner festgefügten Meinung und in seinem vermeintlichen Wissen über FBI-interne Dinge war er unerschütterlich. Und ebensowenig war es unser Job, ihn hier und jetzt eines Besseren zu belehren.

Er gehorchte.

Das allein zählte.

Nachdem seine Glock auf den Teppich gefallen war, wartete ich, bis Phil und die anderen zur Stelle waren. Phil und Steve kümmerten sich um Galante, durchsuchten ihn und legten ihm Handschellen an. Joe Brandenburg und Les Bedell drangen in die angrenzenden Räume des Etablissements vor. Auch von der Straßenseite her betraten Kollegen den Laden.

Unterdessen hörte ich Zeerookahs Stimme, wie er sein Walkie-talkie benutzte, um Rettungswagen anzufordern – und die Verstärkung, die wir brauchten. Dazu gehörten Gefangenentransporter ebenso wie die Fahrzeuge des Leichenschauhauses.

Außerdem brauchten wir ein Spurensicherungskommando der Scientific Research Division. Das ist die Wissenschaftliche Untersuchungsabteilung des New York Police Department, zentral stationiert in der Bronx und von Größe und Ausstattung dem Zentrallabor des FBI-Hauptquartiers in Washington, D.C., absolut ebenbürtig.

Aus praktischen Gründen arbeitet der FBI-Distrikt New York fast immer mit der Scientific Research Division zusammen, wenn es um Tatortermittlungen geht.

Ich wartete auf Phils Okay, dann rappelte ich mich auf und half Rafaela auf die Beine.

Galante stand mit dem Gesicht zur nächstererreichbaren Wand. Er rührte sich nicht, wie es ihm befohlen worden war. Für Rafaela war es gut, ihn nicht ansehen zu müssen.

Zeery bewachte ihn.

Phil und ich brachten die zitternde Frau in den Aufenthaltsraum. Zwei weitere Stripperinnen saßen dort, ketterauchend und bleich vor Angst. Sie hüllten ihre Kollegin in eine Decke, waren froh, etwas tun zu können.

Steve kehrte gemeinsam mit Joe und Les aus dem angrenzenden Raum zurück, in dem sich die Drehscheibe befand.

Unsere Kollegen waren weiß wie die Wand.

Im Laufe unserer Berufsjahre bekommen wir einiges zu sehen.

Doch das Bild dort nebenan war mehr, als selbst unsereiner auf Anhieb verkraften konnte. Als Phil und ich es uns ansahen, unternahm mein Magen alle Anstrengungen, sich umzustülpen.

In den nächsten Minuten, nachdem Walter Galante

bereits abtransportiert worden war, erfuhren wir, was sich abgespielt hatte.

Rafaela wurde mit dem Rettungswagen auf schnellstem Weg ins Bellevue Hospital gebracht. Ihre Kolleginnen begleiteten sie.

Unterdessen sortierten wir die Fakten.

Ein Rollkommando unter Führung von Walter Galante war über den Hinterhof ins EROSEX eingedrungen. Galante und seine Leute mußten gewußt haben, daß sich Bertrand Oprescu, John Evans und Hank Eisenberg an diesem Abend in dem Sexschuppen aufhielten. Oprescu, Evans und Eisenberg waren die drei Toten auf der Drehscheibe. Der Feuerüberfall hatte überdies ein unbeteiligtes Opfer gefunden, den Zuschauer Norman Pollock. Ich konnte Eisenberg von der Liste in meinem Hinterkopf streichen. Die Frage, weshalb Ollie Charters vor dem ›Woodland‹ Eisenbergs Handy-Nummer angerufen hatte, spielte keine Rolle mehr. Denn die Dinge spitzten sich zu.

Phil und ich traten auf den Hinterhof hinaus und atmeten das ein, was man selbst in Manhattan immer noch ›frische Luft‹ nannte. Wir steckten uns eine Zigarette an, bliesen den Rauch des ersten Zuges zum Abendhimmel und beobachteten, wie er sich dort verflüchtigte.

»Mann!« sagte Phil, und es drückte alles aus, was wir in diesen Minuten empfanden.

Das war vor allem grenzenlose Erleichterung. Es war aber auch die schwere Last der Gewißheit. Denn daran, daß der soeben ausgebrochene Mobster-Krieg noch schlimmer werden würde, brauchten wir gar nicht erst zu zweifeln.

»Mhm«, stimmte ich meinem Freund zu, und fürs erste ließen wir es bei dieser Einsilbigkeit bewenden.

Denn es gab ja kaum noch etwas herumzurätseln.

Das Blutbad im EROSEX war die Antwort auf Pete

Fontanas Tod. Lenny Guzzos Antwort, überbracht von Walter Galante. Offen waren nur zwei Fragen.

Erstens: Wo steckte Joe Parisi?

Zweitens: Wie würde Lenny Guzzo reagieren, wenn er erfuhr, daß wir die Überlebenden des Abends auf Nummer Sicher hatten?

6

»Diese kleine Schwarzhaarige«, sagte Lenny Guzzo mit leuchtenden Augen. »Hast du gesehen, was die für Titten hatte?«

»Ja«, antwortete Marilena ergeben. Seit sie die Bar verlassen hatten, redete er nur noch von den Titten und Ärschen der Girls hinter der Theke.

An diesem Abend benutzte er den großen Mercedes. Lässig zurückgelehnt, mit einer Hand lenkend, fuhr er die Sechsundvierzigste hinunter, Richtung Westside, wie üblich. Sie waren im Theater gewesen, hatten sich ›Les Miserables‹ angesehen. Anschließend hatten sie sich auf zwei Drinks an der Theke des ›Whiskey‹ niedergelassen, der berühmten Bar im Erdgeschoß des Hotels ›Paramount‹.

»Weißt du, daß das Absicht ist?« erwachte Lenny aus seinen Gedanken.

»Was?« entgegnete Marilena. »Was soll Absicht sein?«

»Daß sie da solche Superweiber hinter die Theke stellen.«

Marilena lachte. »Ach, du meinst, daß die Geschäftsleitung damit die geilen alten Säcke anlocken will? Weil die so schön zahlungskräftig sind?«

Lenny warf ihr einen wütenden Seitenblick zu,

während er vor der Ampel an der Ninth Avenue abbremste. »Willst du damit sagen, daß ich ...?« Er wollte nicht weiterreden.

Die Ampel war außer Betrieb, und die Wagen vor ihm rollten nur langsam weiter. In der Mitte der Kreuzung stand ein braun uniformierter Verkehrs-Cop. Mit Leuchtzeichen leitete er den Fahrzeugstrom um. Die Sechsundvierzigste war gesperrt, die Avenue jedoch in beiden Richtungen befahrbar.

Lenny Guzzo nahm den Umweg über die Achtundvierzigste. Als sie die Tenth Avenue überquerten, wurde ihr Blick automatisch von den Rotlichtern angezogen, die sich zwei Blocks südwärts zu einem wild flimmernden Pulk zusammengeballt hatten.

»Das sieht nach einer größeren Sache aus«, meinte Marilena mit mäßigem Interesse.

Lenny winkte ab. »Nichts, was mich noch interessieren könnte.«

»Also *weißt* du, was da los ist?« Marilena runzelte die Stirn.

»Habe ich das gesagt?«

»Indirekt.«

»Quatsch.« Lenny brummte unwillig und schüttelte den Kopf. »Ob ich's weiß oder nicht, ich würde es dir sowieso nicht sagen.«

»Wie bitte?« Marilena sah ihn empört an. »Das ist doch wohl nicht dein Ernst!«

»Wieso denn nicht?« Er betätigte den Blinker, als sie die Twelfth Avenue erreichten. »Du hältst mich ja auch allen Ernstes für einen alten Sack.«

»Das habe ich nicht gesagt!« protestierte Marilena.

»Aber indirekt«, widersprach Lenny und zog den Mercedes nach links in die Zwölfte.

Rechter Hand lag die schwarze Weite des Hudson River. Auf der Wasseroberfläche glitzerten die Lichtreflexe aus Manhattan und Weehawken, New Jersey, um die Wette. Der Flugzeugträger ›Intrepid‹ mit dem Navy-Museum huschte vorbei, gleich darauf die weiträumigen Parkplätze und der Pier der ›Circle Line‹.

Auf den Fahrspuren herrschte wieder etwas mehr Betrieb. Die meisten Shows und Theateraufführungen waren zu Ende. Dementsprechend war der Anteil der Autos von der Mittelklasse bis zur Luxusklasse größer als sonst.

Marilena ließ sich schmollend in den Sitz zurückfallen. »Du willst bloß Streit«, murmelte sie. »Du drehst einem die Worte im Mund um. Fest steht, daß du unbedingt in diese Bar wolltest, weil da diese Weiber hinter der Theke stehen. Da denken die Kerle doch, daß denen jeden Moment die Titten aus dem Ausschnitt hüpfen!«

»Könnte passieren«, brummte Lenny grinsend.

»Aha.« Marilena verschränkte die Arme.

»Was heißt ›Aha‹?«

»Daß du doch nur deswegen in diese verdammte Bar wolltest. Möpse anglotzen!«

Lenny lachte und hieb mit den Händen auf das Lenkrad. »Ich fasse es nicht! Meine süße Kleine ist eifersüchtig! Auf ein paar Thekengirls! Das darf doch nicht wahr sein!«

»Ist es aber«, konterte Marilena zornig. »Weil du nämlich mit jedem hergelaufenen Thekengirl ins Bett steigen würdest. Aber freiwillig lassen sie dich wohl nicht ran. Also müßtest du schon dafür bezahlen. Und da wär's bestimmt besser, du würdest ohne mich hinfahren.«

Sein Lachen färbte sich spöttisch. »Wozu? Glaubst du, ich würde auf dich Rücksicht nehmen? Dich lasse ich in der Lobby warten, wenn ich mit dem Girl ins Hotelzimmer rauffahre. Ist doch klar.«

Einen Moment lang hatte es den Anschein, als

würde Marilena losschreien. Doch unvermittelt glättete sich ihre Miene, nahm einen geradezu sanften Ausdruck an. Sie löste den Sicherheitsgurt und wandte sich ihrem Mann zu. Sanft legte sie ihm die rechte Hand auf den Oberschenkel.

»Was hat es für einen Sinn, wenn wir uns streiten?« sagte sie versöhnlich.

»Gar keinen«, antwortete er erfreut. Er wußte, was kommen würde, und es war genau das, was er erwartet hatte. Er kannte sie schließlich.

»Na also!« gurrte sie, und sie war absolut sicher, daß er das gefährliche Glimmen in ihren Augen nicht bemerkte. Es war der einzige Hinweis auf ihr wirkliches Empfinden.

Wut.

Sie loderte tief in ihrem Inneren, doch es war zugleich eine Wut, die sich nicht mehr lange unterdrücken lassen würde. Zu niederschmetternd war die Erkenntnis für Marilena, daß Lenny sie immer wieder demütigte. Nach seiner Gemeinheit am Swimmingpool konnte er es sich nicht mal an diesem Abend verkneifen, mußte er die schönen Stunden durch eine erneute Demütigung zerstören.

Dafür würde er bezahlen.

Als er sich erwartungsvoll zurücklehnte und die Arme streckte, beugte sie sich über ihn. Sie senkte den Kopf unter das Lenkrad und nestelte an Lennys Gürtelschnalle.

Die Finger ihrer anderen Hand, an seiner rechten Hüfte, spürte er nicht. Zu sehr gefiel ihm das, was die andere Hand tat.

Marilena hatte die Glock längst in der linken Hand, und sie hielt sie von ihm weg, als es geschah.

Lenny brüllte etwas, aber es ging in dem ohrenbetäubenden Lärm unter, der plötzlich über ihn und Marilena hereinbrach. Sie meinte, die Worte ›warten‹

und ›zu früh‹ verstanden zu haben, aber ihr blieb nicht mal mehr Zeit, darüber nachzudenken.

Schüsse, die in rasender Reihenfolge krachten, zerschmetterten die Fensterscheiben des Mercedes und rissen das Blech des Dachs auf.

Lenny brülle und fluchte.

Marilena warf sich nach rechts, bis an die Tür auf der Beifahrerseite. Sie hörte sich schreien. Sie sah den anderen Wagen, der dicht neben dem Mercedes fuhr. Mündungsblitze zuckten unablässig.

Lenny saß tief über das Lenkrad gebeugt. Er verlor die Kontrolle über den Wagen. Der fremde Wagen wich aus, doch Schüsse krachten noch immer. Der Mercedes schlingerte, geriet ins Schleudern. Die Reifen kreischten laut, eine schrilltönende Begleitmusik zum Motor, der auf einmal wild röhrte.

Marilena schrie und schrie. Sie merkte nicht mehr, daß sie die Pistole in ihrer Linken hielt. Plötzlich fuhr ein Donnerschlag durch die Karosserie.

Marilena sah die Tür auffliegen. Im selben Moment schlug sie mit dem Hinterkopf auf. Ein Blitz durchzuckte sie, und das Ergebnis war die schmerzfreie Schwärze der Bewußtlosigkeit.

Lange konnte die Bewußtlosigkeit nicht gedauert haben. Denn als sie die Augen aufschlug, war ihre Erinnerung sofort wieder da.

Doch über ihr war der Abendhimmel.

Ein wenig Lichterglanz.

Manhattan.

Der Boden, auf dem sie lag, war steinhart. Ihr Hinterkopf schmerzte. Etwas Kantiges grub sich in ihre rechte Hüfte. Am ganzen Körper brannten Schrammen und Beulen. Ganz in der Nähe war der Geruch des brackigen Flußwassers. Sie lag quer vor einer Leitplanke, nicht weit von der Kaimauer entfernt. In früheren Jahrzehnten hatten hier die großen Ocean Liner gelegen, jetzt herrschte überwiegend Finsternis.

Marilena erschauerte bei dem Gedanken, daß sie aus dem Wagen geschleudert worden war. Nur ein kleines Stück höher und etwas weiter, und sie wäre ins nachtschwarze Wasser gefallen. Bewußtlos wäre sie versunken.

Sie drehte sich ein wenig, um den Druck an der rechten Hüfte loszuwerden. Heftigere Schmerzen wallten auf, der reinste Ganzkörperschmerz. Und dann spürte sie etwas Hartes, Scharfkantiges unter der linken Hüftgegend.

Sie erinnerte sich auch daran.

Tastete danach. Spürte die beruhigende Wirkung, die davon ausging.

Ein Lächeln umspielte ihre Mundwinkel.

Mit Mühe schaffte sie es, sich aufzusetzen. Die Leitplanke stützte ihren Rücken hart und wellig. Einen Moment schloß sie die Augen, um gegen die Schmerzen anzukämpfen, die sie von Kopf bis Fuß durchtobten. Auf den Fahrspuren rollte der Verkehr, als ob nichts geschehen wäre. Benzingeruch stieg ihr in die Nase. Ihr fiel ein, daß sie den Mercedes nicht mehr sah.

Sie wandte den Kopf nach rechts.

Dort stand er.

Im Winkel von fünfundvierzig Grad war er gegen die Leitplanke gekracht. Die Kühlerhaube war hochgeflogen, die Frontpartie stark eingedrückt. Vermutlich durch den Aufprall hatte sich die Beifahrertür fast wieder geschlossen, stand nur noch einen Spalt offen. Unter dem Wagen hatten sich dunkle Lachen gebildet.

Und Lenny?

Marilena konnte ihn nirgendwo entdecken. Eine Weile würde sie noch brauchen, ehe sie genügend bei

Kräften war, um auf die Beine zu kommen. Und, verdammt, kein Schwein hielt an, um zu helfen!

Noch während ihr der Gedanke kam, erblickte Marilena den Grund für die mangelnde Hilfsbereitschaft der Vorbeifahrenden.

Der Wagen der Attentäter stand nur zwanzig Meter von dem Mercedes entfernt, ebenfalls auf dem Seitenstreifen, nahe an der Leitplanke.

Marilena konnte nur ein kleines Stück von der rechten Seite des Wagendachs erkennen. Eine schwarze Limousine. Der typischen Form nach eindeutig ein Ford Crown Victoria.

Marilena war im Begriff, sich aufzurappeln, als sie die Männer sah.

Zwei Kerle waren es, die auf einmal hinter dem Mercedes-Wrack hervorkamen.

Grinsend, die Hände in den Hosentaschen, gingen sie auf Marilena zu. Beide trugen elegante dunkle Anzüge, als kämen sie geradewegs aus dem Theater.

Marilena erschrak; sie erinnerte sich an die Gesichter. Diese Typen gehörten eindeutig zu Lennys Fußvolk. Du lieber Himmel, waren denn jetzt alle gegen ihn? Hatte er überhaupt keine Freunde mehr? Keine Verbündeten? Fünf Schritte vor ihr blieben die beiden Männer stehen. Breitbeinig, als gehörte ihnen das gesamte Hudson-Ufer. Sie grinsten noch immer; vor dem Hintergrund des Manhattan-Lichterglanzes lagen ihre Gesichter allerdings im Schatten. Typische Gorilla-Gesichter.

Marilena versuchte die Blicke zu deuten. Was, zum Teufel, wollten die Kerle? Sie blickte an sich hinab. Ihr Abendkleid war eingerissen, ihre Schenkel fast vollständig enthüllt. Und ihre Brüste hatten in dem verrutschten Dekolleté starke Ähnlichkeit mit dem Outfit der Thekengirls im ›Whiskey‹.

»Okay, Baby«, sagte der eine respektlos. »Du steigst

wieder ein.« Er trug einen Schnauzbart, dessen abwärtsgerichtete Enden ihm einen ständig geringschätzigen Gesichtsausdruck verliehen.

Marilenas Augen wurden schmal. »Wißt ihr Arschlöcher nicht, wer ich bin?« fauchte sie.

Beide lachten, wollten sich ausschütten wie über einen guten Witz.

»Du bist Lenny Guzzos Schlampe«, sagte der zweite, dessen glattes Gesicht von After Shave Cream glänzte.

Marilena stockte der Atem. Doch statt ihre Wut hinauszuschreien, zwang sie sich, ruhig zu bleiben.

»Ihr meint den Schrotthaufen? In den soll ich zurück?«

»Exakt, Baby«, griente der Schnauzbärtige. »Zurück zu Lenny-Boy.«

»Zur gemeinsamen Himmelfahrt«, fügte Glattgesicht hinzu.

»Das müßt Ihr euch aus dem Kopf schlagen«, erwiderte Marilena ernst. »Ich steige nicht wieder ein.«

Die beiden grinsten nicht mehr.

»Spinnst du?« explodierte der Schnauzbärtige. »Willst du, daß wir dich zwingen?«

Marilena schüttelte den Kopf.

»Nein, will ich nicht.«

Ihre linke Hand kam hinter dem Rücken hervor, und sie nahm die rechte zur Hilfe, um den Rückstoß abzufedern. Die Glock schnappte trocken, als sie sie durchlud und entsicherte.

Den beiden Kerlen wurde das Kinn schwer. Ihre Münder standen offen, als warteten sie auf das Blei, um es zu schlucken. Ihre Augen wurden groß und weiß, und Schweißtropfen ließen Bäche entspringen.

»So kann man sich irren«, sagte Marilena und ließ sie nicht mehr zu Wort kommen.

Sie schoß sechsmal.

Drei Kugeln für jeden.

Knochenhart hackend wehten die Schußgeräusche auf den Fluß hinaus.

Der letzte Schuß war noch nicht verhallt, als eine Stichflamme aus dem Mercedes-Wrack schoß.

Im nächsten Moment brüllte die Explosion.

Die Druckwelle schleuderte Marilena zur Seite, unter der Leitplanke hindurch. Sie schrie vor Entsetzen, als sie keinen Halt mehr fand. Sie rollte über die Kante der Kaimauer ...

Falls er gern Fernsehkrimis sah oder die alten Hollywood-Klassiker kannte, mußte ihm dieses Bild vertraut sein. Kahle Wände, eine nackte Glühbirne unter der Decke. Ein Tisch, drei Stühle. Eine Tischlampe, deren Schirm man so drehen konnte, daß das Licht ihn grell und schmerzhaft blendete.

Er war der Hauptdarsteller dieser Szene.

Phil und ich spielten nicht gerade Nebenrollen, aber wir waren gern bereit, ihm den Monolog zu überlassen.

Nur, er wollte nicht.

»Galante«, sagte ich eindringlich. Ich setzte mich rittlings auf den Stuhl, wie sie es in Hollywood auch taten. »Ich verstehe ja, daß es für Sie heute Abend nicht so gelaufen ist, wie es sollte. Aber daß Sie unter Schock stehen, können Sie mir nicht erzählen.«

Er schwieg, wie schon die ganze Zeit. Nach einer Weile musterte er mich, als sähe er mich zum erstenmal. Seine Miene erhellte sich aus einem plötzlichen Einfall heraus.

Phil saß an der Längsseite des Tisches. Wir wechselten einen Blick. Kam er jetzt endlich, der Sinneswandel? Wir saßen schon über eine halbe Stunde hier herum, ohne daß auch nur das Geringste dabei herausgekommen wäre. Es ging auf Mitternacht zu, und Galante wollte den Tag offenbar ausklingen lassen, ohne uns ein einziges Wort zu gönnen.

Von der Redseligkeit, die er noch im EROSEX an den Tag gelegt hatte, war nichts mehr vorhanden. So hatte es bis vor einer Sekunde ausgesehen. Doch jetzt, auf einmal, war dieser veränderte Gesichtsausdruck da. Beinahe freundlich sah er aus.

»Was soll der Quatsch?« sagte er leichthin. »Ihr könnt mich Walter nennen.«

Ich glaubte zu träumen. Phil erging es nicht anders. Verblüfft sahen wir uns an, dann wandten wir uns wieder Galante zu.

»Was ist?« hakte er nach. »Einverstanden?«

»Okay«, antwortete ich.

»Na also. Und dann lassen wir auch das idiotische ›Sie‹ weg – in Ordnung?«

Phil und ich kamen aus dem Staunen nicht mehr heraus. Angesichts der Tatsache, daß wir etwas von Galante wollten, stimmten wir zu. Schon möglich, daß er endlich den angenehmen Kronzeugen-Job ins Auge gefaßt hatte, den wir ihm in den schönsten Farben ausgemalt hatten.

»Also gut, Walter«, sagte Phil. »Und wie geht's jetzt weiter?«

Er grinste. Wenn ich es richtig deutete, sollte es durchaus freundlich und entwaffnend aussehen.

»Habt ihr mal 'ne Zigarette für mich?« sagte er und deutete auf unsere Schachteln auf dem Tisch.

Phil holte tief Luft. Ich beherrschte mich, versorgte Galante mit dem gewünschten Glimmstengel und anschließend auch noch mit Feuer.

»Und jetzt noch einen Kaffee, was?« Phil konnte es sich nicht verkneifen.

Walter Galante strahlte. »Mann, ihr könnt einem ja wohl jeden Wunsch von den Lippen ablesen!«

Phil konnte es nicht mehr mit ansehen. Er stand auf, ging zur Tür und bat den Wachmann draußen auf dem Gang, uns eine Kanne Kaffee und drei Becher zu beschaffen.

»Jetzt wird's gemütlich«, sagte Walter zufrieden.

»Noch nicht ganz«, korrigierte ich ihn. »Erst wenn wir die Töne hören, die uns wie Musik in den Ohren klingen.«

Er lachte. »Sag bloß, ich soll euch was vorsingen!«

Phil setzte sich wieder. »Du weißt genau, welche Töne wir hören wollen«, sagte er grob.

Walter schaute erst ihn und dann mich entgeistert an. »Bin ich hier im Wunschkonzert? Oder was?«

Ich deponierte meine Unterarme auf der Stuhllehne, beugte mich vor und nahm die Zigarette aus dem Mund. »Walter«, sagte ich betont freundlich. »Wenn du so weitermachst, spielen sie für dich nur noch Trauermärsche.«

Er wußte, daß das kein Witz war. Seine Mundwinkel zuckten, verrieten Unsicherheit. Denn er kannte die Geschichten aus den Gefängnissen unseres Landes. Selbst in Hochsicherheitstrakten waren schon Leute umgebracht worden. Aus Rache und anderen niederen Motiven.

Auch Walter würde nirgendwo sicher sein. Er konnte tausendmal beteuern, daß er uns nichts erzählt hatte. Glauben würde es ihm keiner.

Mein Hinweis auf die Trauermärsche trübte denn auch seine Stimmung. Er inhalierte den Zigarettenrauch tiefer als nötig. Alles deutete darauf hin, daß er eine neue Schweigephase beginnen wollte.

»Jerry, wir verschwenden hier unsere Zeit«, erklärte Phil überzeugt.

Ich wollte ihm nicht widersprechen, aber ich wollte auch nicht sofort die Flinte ins Korn werfen.

Eine Angestellte aus der Kantine brachte ein Tablett

mit Kaffeekanne und Zubehör. Eine junge Schwarze, freundlich und rundlich in ihrem adretten blauen Kittel. Sie erkundigte sich, ob sie gleich einschenken sollte.

Phils Blick protestierte, doch ich stimmte zu. Ein unbestimmbares Gefühl sagte mir, daß es ratsam war, mit Walter noch einen Versuch zu starten.

Mein Handy zwitscherte in der Jackentasche.

Ich meldete mich und überlegte, ob ich hinausgehen sollte. Doch ich behielt meine Hollywood-Haltung auf dem Stuhl erst einmal bei.

»Hat er schon etwas Brauchbares gesagt?« erkundigte sich Mr. High.

»Negativ, Sir.«

»Nun, vielleicht habe ich etwas für Sie, das ihn umstimmt.«

Ich hörte aufmerksam zu und mußte mich anstrengen, damit man mir nicht anmerkte, wie sehr ich von den Socken war. Nur Phil merkte es natürlich, da er mich gut genug kannte. Sein Blick war ein einziges deutliches Fragezeichen.

Nachdem Mr. High geendet hatte, drückte ich die Trenntaste und verstaute das Handy in der Jackentasche. Ich trank einen Schluck Kaffee, nahm einen letzten Zug aus der Zigarette und zerquetschte sie im Aschenbecher.

Ich machte es so spannend wie möglich. Phil bekämpfte seine Ungeduld, das sah *ich ihm* an. Walter schlürfte seinen Kaffee gierig wie ein Verdurstender. Dann nuckelte er die Zigarette bis zum Filter leer.

Ich ließ die Stille wirken.

Dann sagte ich es. »Lenny Guzzo ist tot.«

Walter Galante nickte.

Seine Miene war steinern.

Phil und ich musterten ihn, und er wußte, daß wir jede Regung seiner Gesichtszüge beobachteten. Aber da war nichts. Er hatte sich in der Gewalt. Hundertprozentig. Das mußte man ihm lassen.

Lenny Guzzo hatte diesen Mann losgeschickt, um in der Peepshow ein Blutbad anzurichten. Und jetzt ließ es Walter völlig kalt, daß sein Auftraggeber selbst ums Leben gekommen war?

Es war nicht schwierig, sich die Dinge zusammenzureimen. Nach dem Verlust seines wichtigsten Mannes, Mike Fontana, hatte Lenny beschlossen, Walter Galante zu seinem neuen Unterboss Nummer eins zu machen. Vermutlich hatte die Aktion im EROSEX eine Bewährungsprobe für Walter sein sollen. Und jetzt sollte das alles keine Rolle mehr für ihn spielen?

Es gab zwei Gründe für Walters Kaltschnäuzigkeit. Mindestens. Die zwei fielen mir jedenfalls auf Anhieb ein.

Erstens: Er sah sich selbst schon an der Spitze des Gambetta-Mobs.

Daß der Name Schall und Rauch war, zeigte allein das Beispiel Lenny. Die Gambettas gab es schon lange nicht mehr, und die neuen Familienoberhäupter kamen und gingen. Ein Galante an der Spitze mochte nach Walters Meinung sogar noch viel angemessener sein.

Zweitens: Walter überlegte erst noch, wie er uns gegenüber am besten reagieren sollte.

Zu erschrecken oder in Trauergeheul auszubrechen war aus seiner Sicht am allerwenigsten angebracht. Mobster standen ständig mit einem Bein im Grab. Wenn es einen erwischte, machte man kein großes Geschrei und veranstaltete eine pompöse Beerdigung. Schon vorher ging man zur Tagesordnung über. Die Geschäfte mußten schließlich weiterlaufen.

»Lenny ist tot?« wiederholte Walter schließlich. Seine Stimme troff vor Spott. Er beugte sich vor und rief: »Hey, G-man! Ich bin der Kaiser von China!«

Phil und ich quittierten es mit Gelassenheit.

»Ich bleibe bei meiner Meinung«, sagte mein Freund und Kollege. »Wir verschwenden hier unsere Zeit, Jerry.«

»Das sehe ich auch so«, höhnte unser Gefangener. »Ihr müßt euch schon was Intelligenteres einfallen lassen, wenn ihr mit mir ins Gespräch kommen wollt. Kaffee, Zigaretten und blöde Sprüche reichen da nicht.«

Phil stand auf. »Also wirklich, Jerry, ich habe keine Lust mehr, mir diesen Schwach ...«

»Alter!« unterbrach ich ihn. »Du mußt Geduld haben. Unser Freund Walter ist ein verwöhnter Saloon-Mobster. Das ist das eine. Und das andere ist seine Hinhalte-Taktik. Merkst du gar nicht, daß du ihm schon auf den Leim gegangen bist?«

Phil starrte mich an. »Ach!«

Mir entging das verstohlene Grinsen in Walters Mundwinkeln nicht.

Ich hatte also recht mit meinem mutmaßlichen Grund Nummer zwei.

»Es *ist* so«, bekräftigte ich. »Setz dich wieder hin und habe Verständnis für Walter. Er muß doch erst mal in Gedanken durchspielen, was da auf ihn zukommt.«

Phil schmunzelte und tat, als gebe er klein bei. Seufzend ließ er sich wieder auf seinen Stuhl sinken.

Mein Gegenüber musterte mich aus schmalen Augen. »Was soll das werden?« blaffte er. »Die totale Verarschung?«

»Nimm es, wie du willst«, entgegnete ich. »Wir machen es jetzt anders. Ich sage dir, was ich gerade erfahren habe ...«

»Von wem?«

»Normalerweise verraten wir keine Betriebsgeheimnisse«, sagte ich. »Aber in diesem Fall kann ich eine Ausnahme machen. Der Anrufer, eben, war John D. High.«

»Euer SAC?« Walter sprach die Abkürzung wie ein Wort aus und grinste anzüglich.

»Unser Special Agent in Charge«, bestätigte ich. »Unser verantwortlicher Spezialagent.«

»Okay«, sagte Walter. »Und der hat dir geflüstert, wie ihr mich weichkochen sollt?«

Ich schüttelte den Kopf. »Nachher, wenn du wieder in deiner Zelle bist, kannst du dir alles in New York One ansehen.« – New York One ist unser lokaler Fernsehsender, der laufend Nachrichten und Reportagesendungen bringt.

»Na, das hört sich ja gewaltig an!« gluckste Walter.

»Kann man sagen«, bestätigte ich. »Es war so: Lenny fuhr mit seinem Mercedes die Twelfth Avenue hinunter, am Hudson River. Es gibt Zeugenaussagen, daß er mit einer Frau im Wagen saß. Langes, schwarzes Haar. Also Marilena.«

Walter fiel die Freude aus dem Gesicht.

»Zeugenaussagen?« tönte er. »Was soll das denn heißen?«

»Wart's ab«, riet ich ihm lächelnd und fuhr fort. »Lenny wurde mit seinem Wagen abgedrängt. Von einem anderen Wagen, der hinterher verschwunden ist. Es soll ein dunkler Ford Crown Victoria gewesen sein, auch wieder nach Zeugenaussagen. Aus diesem Ford wurde auch auf den Mercedes geschossen. Die Folge: Lenny war vermutlich schon tot, als sein Wagen gegen die Leitplanke krachte und explodierte. Die Beifahrertür stand übrigens offen, als die Cops eintrafen. Nur ein Stück zwar, aber sie kann ja erst weit offen gewesen sein und ist dann durch den Aufprall wieder fast zugeflogen.«

Walter erbleichte. »Was – was soll das heißen?« stotterte er.

»Das soll nichts heißen«, korrigierte ich ihn. »Das ist nur eine Aufzählung der Dinge. Also weiter: Lennys verkohlte Leiche lag hinter dem Lenkrad, und das war's.«

»Und Marilena?« stieß Walter erregt hervor.

Ich bedachte ihn mit einem fast mitleidigen Blick. »Vielleicht haben sich die Zeugen geirrt. Vielleicht saß sie gar nicht im Wagen.«

»Aber ...«, setzte Walter an. Er biß sich auf die Unterlippe.

Ich nickte. »Das habe ich vermutet. Sie *muß* im Wagen gesessen haben. Das wolltest du doch sagen, oder? Tja ...« Ich setzte mich senkrecht. »Kann auch sein, daß sie bei dem Aufprall hinausgeschleudert wurde. Merkwürdig ist jedenfalls, daß in der Nähe des Wagens zwei Tote gefunden wurden. Beide mit drei Einschüssen. Und Marilena ist verschwunden. Spurlos verschwunden.«

Walter sackte auf seinem Stuhl in sich zusammen wie ein Gummibär, dem man die Luft abgelassen hatte. »Verdammte Scheiße«, murmelte er, senkte den Kopf und war offenbar den Tränen nahe.

»Nun hör dir das an«, sagte ich zu Phil. »Marilena scheint ihm wichtiger zu sein als Lenny.«

»Vielleicht hat er was mit ihr«, meinte mein Freund und Dienstpartner achselzuckend.

»Hm, da könnte was dran sein. Deshalb macht es ihm nichts aus, daß Lenny nicht mehr da ist.«

»Klar«, nahm Phil den Faden auf. »Die First Lady des Gambetta-Mobs bleibt dieselbe, nur der Inhaber der Spitzenposition wird ausgewechselt.« Walters Kopf ruckte hoch.

»Ihr Arschlöcher!« schrie er. »Sie hat nie was mit mir gehabt! Mit mir doch nicht! Sie hat ein Verhältnis mit Parisi! *So* sieht es aus! Dieses verdammte Luder hat Lenny betrogen, nach Strich und Faden. Aber man konnte ihm ja nie was sagen. Nicht mal andeutungsweise.«

»Warum nicht?« fragte ich verdutzt.

»Warum nicht?« Walter starrte mich an, als hätte ich Kantonesisch gesprochen. »Weil er so was einfach nicht wahrhaben wollte! Was Frauen angeht, könne ihm keiner was vormachen, hat er immer gesagt. Und wie man mit der eigenen Ehefrau umspringt, wußte sowieso nur er.«

»Mr. Machos Ende«, sagte Phil trocken. »Und wo steckt Joe Parisi?«

Walter sah ihn an. »Euch das zu erzählen . . .«, sagte er und ließ jede Silbe auf der Zunge zergehen, ». . . wird mir ein innerer Vorbeimarsch sein.«

Die Hafenanlagen von South Brooklyn waren eine andere Welt. Schon allein deshalb, weil man Manhattan von außen sah, die berühmte Skyline in einem Blickwinkel, den die Welt kaum kennt.

Über Schiffsaufbauten, Lagerschuppen und Kränen ragte das Wolkenkratzermassiv des Finanzdistrikts von Manhattan auf wie der mit Lichtern übersäte Bug des gewaltigsten aller Schiffe. So, als würde dieses monumentale Bauwerk jeden Moment über uns hinwegstampfen und uns in Grund und Boden rammen.

Phil und ich hatten unseren Dienst-Chevy in ausreichender Entfernung zurückgelassen, an der Straßenseite zweier Lagerschuppen. Der Geruch von stark geräucherter Salami lag in der Luft.

»Naturkautschuk«, erklärte Phil fachmännisch im Flüsterton. »Naturkautschuk wird geräuchert und riecht wie Salami.«

Wir pirschten in dem schmalen Gang zwischen den beiden Schuppen voran. Unsere wichtigste Ausrüstung waren unsere Dienstwaffen, die MP5 von Heckler & Koch und der .357er Magnum von Smith & Wesson. Die Einreiher hatten wir gegen schwarze FBI-Kampfanzüge und Springerstiefel getauscht. In den vielen Taschen beförderten wir Reservemunition und verschiedene weitere Ausrüstungsteile, die einem nützlich sein konnten – bei Einsätzen mit vorhersehbarer Anwendung von physischer Gewalt. So hieß das in der gespreizten Sprache unserer Dienstanweisungen.

Der Kautschukgeruch war so durchdringend, daß einem schlecht werden konnte.

»Ein Lager mit Kaffeesäcken wäre mir lieber«, brummte ich.

»Die würden nicht nach Salami riechen«, klärte Phil mich auf. »Insofern hast du recht. Aber den Kaffeeduft, den du meinst, gibt es erst, wenn die Bohnen geröstet worden sind.«

»Ich sehe schon«, seufzte ich. »Dein Fachwissen ist überwältigend.«

Phil klopfte mir auf die Schulter. »Wenn du irgendwelche Bildungslücken bei dir entdeckst – frag mich einfach.«

»Da bin ich aber froh.« Ich grinste in die Dunkelheit hinein. »Was für Geld spare ich dank deiner edelmütigen Hilfe! Keine CD-ROMs, Lexika und Enzyklopädien! So was braucht man nicht, wenn man einen schlauen Dienstpartner hat.«

»Endlich weißt du's mal zu schätzen. Sag mal – wann hast du mich eigentlich das letzte Mal zum Essen eingeladen?«

»Aha«, sagte ich. »Darauf mußte es ja hinauslaufen. Also hole ich mir meine Auskünfte in Zukunft doch lieber bei der Telefonseelsorge.«

Phil lachte leise.

Dann schwiegen wir, den wir näherten uns dem Ende des Gangs. Es wurde geringfügig heller. Ich zupfte das Walkie-talkie vom Koppel. Nach vier, fünf weiteren Schritten hatten wir die Gebäudeecken erreicht. Wir schoben uns nebeneinander; der Platz reichte gerade eben.

Vor uns lag der südliche Teil des Henry Street Basin, eines riesigen Hafenbeckens, an dessen Kaimauern und Duckdalben alles Mögliche festgemacht hatte. Frachter für Massengut mit ihren typischen Decksaufbauten. Containerschiffe mit ihrer zweckbetonten Häßlichkeit. Riesige Lastkähne und die dazugehörigen Schlepper. Ein Monstrum von einem Eimerbagger draußen an den Duckdalben.

An der Kaimauer im Vordergrund sah es ähnlich ungeordnet aus. Rechter Hand reckten sich Portalkräne dem Lichtermeer Manhattans entgegen: riesige schwarze Gottesanbeterinnen auf weit ausladenden Beinen über Güterwaggons, die stählernen Rüssel mit Drahtseilen und Haken wie tödliche Speichelfäden, die auf zufällig vorbeikommende Opfer warteten.

Unmittelbar vor uns erstreckte sich eine freie Fläche, die von silbrig glänzenden Gleisen durchkreuzt wurde. Weiter links stapelten sich Frachtcontainer haushoch und versperrten den Blick auf das Ende des Kais, zur Upper Bay hin.

Das Hausboot lag am Kai, auf halber Strecke zwischen dem Portalkran und den Containern.

Es sah genauso aus, wie Walter Galante es uns beschrieben hatte. Kein Hausboot von der edlen Sorte, im Hochseejacht-Format. Nein, dies hier war eher eine schwimmende Baracke. Eine Arbeitsbude auf einem Ponton. Früher hatte das Ding der Hafenbehörde gehört; Arbeiter der Abteilung für Wasserbau hatten in der Bude ihre Pausen verbracht.

Joe Parisi hatte den unansehnlichen grauen Kasten für Wohnzwecke umgebaut. Und der Einfachheit halber hatte er gleich den ursprünglichen Liegeplatz beibehalten. So hatte er die Hafenromantik des ausgehenden zwanzigsten Jahrhunderts vor der Haustür. Abgesehen von dem ständigen Lösch- und Ladelärm im Henry Street Basin hatte Parisi hier einen Unterschlupf, der völlig aus der Art geschlagen war. Bevor ihn jemand in dieser rauhen Gegend aufspürte, mußte der Betreffende schon einige Nachforschungen anstellen.

Das Hausboot hatte zur Landseite hin nur ein einziges kleines Fenster. Schwacher Lichtschein war an den Rändern eines dicken, festen Vorhangs zu erkennen.

Parisi sollte zu Hause sein.

Walter Galante hatte uns gesagt, daß Parisi an diesem Abend zur Brust genommen werden sollte. Lenny Guzzo hatte eine Aktion geplant, mit der der smarte Unterboss und seine Freunde nicht im Traum rechneten.

Damit, daß wir mitmischten, hätte Lenny seinerseits nicht rechnen können, wenn er noch am Leben gewesen wäre.

Ich schaltete das Walkie-talkie auf Senden.

»Eagle an alle«, sagte ich halblaut. »Erbitte Positionsmeldungen.«

Nacheinander teilten die Kollegen mit, daß sie ebenfalls ihre Einsatzorte erreicht hatten. Wir waren insgesamt zehn Mann, und wir hatten einen Halbkreis um den Liegeplatz des Hausboots geschlossen. Steve, Zeery, Joe und Les waren wieder mit dabei. Außerdem vier weitere Kollegen von der Nachtbereitschaft. Zwei Patrouillenboote der Hafenpolizei lagen einsatzbereit außerhalb des Henry Street Basin. Wenn nötig, konnten sie es innerhalb von zwei Minuten dichtmachen.

»Sieh dir das an!« flüsterte Phil, kaum daß ich die letzte Positionsmeldung bestätigt hatte.

Scheinwerferlicht glitt auf den Kai. Von rechts. Die

blanken Schienen der Eisenbahn und der Portalkräne gleißten plötzlich.

Wir spähten nach rechts. Noch waren keine Fahrzeuge zu sehen. Das Scheinwerferlicht kam von irgendwo zwischen den Güterwaggons.

Die Kollegen wußten, daß wir erst dann eingreifen würden, wenn ich das Kommando dazu gab.

Die Lichtkegel nahmen ihre volle asymmetrische Breite ein. Es war der Moment, in dem der erste Wagen aus der Fahrspur zwischen den Waggons hervorkam. Ein Oldsmobile Ninety-Eight. Mit knappem Abstand folgte der zweite Wagen, ein Pontiac Bonneville.

Zügig hielten beide Limousinen auf das Hausboot zu. Die Fahrer kannten das Kaigelände, wußten, welche Betonpisten sie zwischen den Gleisen benutzen mußten.

Nach Walter Galantes Hinweis handelte es sich um Parisis Kumpane. Sie meldeten sich regelmäßig bei ihm auf dem Hausboot zum Rapport. An diesem Abend würde damit wohl eine Feier des Erfolgs verbunden sein. Sobald sie in der schwimmenden Bude waren, brauchten wir nur vorzudringen und sie einzusacken.

Das hörte sich einfach an. Wie so oft.

Die beiden Limousinen stoppten schaukelnd vor dem Hausboot. Sechs Männer stiegen aus. Im Gänsemarsch eilten sie über den Steg, der vom Kai auf die Achterdecksplattform führte. Offenbar wollten sie sich nicht lange aufhalten, denn die Fahrer waren in den Wagen geblieben.

Falsch. Sie stiegen aus und trafen sich zwischen der Heckstoßstange des Oldsmobile und der Kühlerhaube des Pontiac. Sie lehnten sich an den Karosserielack, steckten sich Zigaretten an und palaverten und pafften. Die sechs anderen waren unterdessen im Hausboot verschwunden. Es geschah, bevor die Fahrer ihre Glimmstengel halb aufgeraucht hatten.

Ein grellweißer Blitz zuckte aus dem Dach der schwimmenden Baracke.

Und auf den Blitz folgte der Donner.

Urgewaltig hallte der Schmetterschlag über das Hafenbecken. Mir stockte der Atem.

Die beiden Fahrer wurden durch die Luft geschleudert wie Spielzeugpuppen. Wo sie landeten, sah ich nicht mehr, denn im selben Sekundenbruchteil explodierten Sprengladungen in den beiden Limousinen. Auch wir spürten die Druckwelle, diese unsichtbare Gewalt, die uns durchschüttelte und in die Gasse treiben wollte, aus der wir gekommen waren.

Mehrfacher Donner traf auf die Fassaden der Lagerschuppen und rollte von dort zurück.

Phil und ich spannten die Muskeln, luden die MPis durch, entsicherten.

Es war noch nicht zu Ende.

Es *konnte* noch nicht zu Ende sein.

Wer dieses Inferno auch angerichtet haben mochte, er mußte sichergehen, hundertprozentig sicher, daß es keinen Überlebenden gab.

In das Abklingen des Explosionsdonners dröhnte Motorengeräusch.

Im ersten Moment schien es, als würde es von allen Seiten kommen. Phil und ich spähten auf den vom Feuerschein erhellten Kai hinaus. Die Kollegen würden nichts anderes tun, soviel stand fest. Den Plan über unser Vorgehen konnten wir vergessen. Alle Absprachen waren überflüssig geworden. Wir mußten improvisieren. Jeder einzelne von uns wußte, worauf es ankam, denn alle waren über die Vorgänge im Zusammenhang mit Lenny Guzzo informiert.

Das Hausboot und die Autowracks brannten lichterloh. Riesige Flammenbälle waberten aus den Trümmern. In wenigen Minuten würde es hier von Polizei wimmeln. Denn überall auf den Schiffen und an den Kais waren Menschen an der Arbeit, und sie würden nicht zögern, die 911 anzurufen. Die Notrufnummer unserer Stadt, eine Nummer für alles: Polizei, Feuerwagen, Rettungswagen.

Phil stieß mich an.

Ich sah es im selben Moment.

Aus einem der Schuppen brüllte es hervor, drüben, in der Gegend der Container.

Ein Achtzylinder, soviel hörte ich auf Anhieb heraus. Und im nächsten Augenblick war der Brüller da, und meine Gehörleistung bestätigte sich.

Ein Chevrolet Pickup, feuerrot, als stammte er von der Fire Brigade.

Doch daß die bullige Kiste nicht für Löscharbeiten vorgesehen war, mußte man nicht erst raten.

Auf der Ladefläche war ein Mordsding aus Stahl befestigt. Eine Lafette mit dem reinsten Koloß obendrauf. Drei Kerle hielten sich daran fest.

»Das gibt es nicht!« rief Phil entgeistert.

Er irrte sich. Es war Wirklichkeit.

Der Pickup stoppte zwanzig Meter von den brennenden Autowracks entfernt. Die Männer auf der Ladefläche machten ihr stählernes Monstrum einsatzbereit. Nur wenige schnelle Handgriffe waren erforderlich.

Jetzt sah ich, was es war.

Eine Maschinenkanone.

Solche Superwaffen wurden in Kampfflugzeuge eingebaut, aber auch in Landfahrzeuge. Schützenpanzer zum Beispiel. Ich schaltete das Walkie-talkie noch einmal auf Senden.

»Wir gehen raus«, erklärte ich den Kollegen. »Haltet uns den Rücken frei.« Die Bestätigungen wartete ich nicht ab.

Phil und ich stürmten los, als die Maschinenkanone zu wummern begann.

Wir gingen auf Abstand.

Das Laufbündel der Kanone spie kurze, blasse Blitze aus. Die Rückstöße versetzten den Pickup in ruckende Bewegungen.

Die Geschosse hieben in die reglosen Körper der Fahrer. Kleine Rauchfahnen stiegen auf.

Sprenggeschosse!

Mir drehte sich der Magen um. Diese Mörderbande feuerte mit Sprenggeschossen auf Menschen! Daß die beiden Fahrer vermutlich schon tot waren, änderte nichts an der Grausamkeit der Schießer auf dem Pickup.

In ihrer Blutgier bemerkten sie uns nicht sofort.

Wir jagten Warnschüsse über ihre Köpfe hinweg.

Noch immer konzentrierten sie sich auf das Geschützbedienen. Nur der eine, auf der uns zugewandten Seite, wirkte irritiert.

Der Mann auf dem Beifahrersitz reagierte als erster. Seine Fensterscheibe schnurrte herunter. Eine MPi kam zum Vorschein, ein Stahlstummel in seinen Fäusten.

Ich reagierte blitzartig.

Im Laufen zog ich durch. Die MPi rüttelte an meiner Hüfte. Zwei kurze Feuerstöße, dann schlug ich Haken.

Die MPi im Beifahrerfenster blieb stumm. Der Mann dahinter sackte in sich zusammen. Spätestens jetzt mußte der Mann am Lenkrad begriffen haben, was Sache war. Ich legte Tempo zu, machte die Haken kürzer.

Links von mir hämmerte Phils Waffe. Der erste Kerl auf der Ladefläche warf die Arme hoch.

Die beiden anderen vergaßen ihre Maschinenkanone. Rissen ihre Kurzwaffen heraus. Pistolen, MPis.

Mir blieb keine Zeit, das zu ergründen. Denn das Geschehen überschlug sich. Phil feuerte wieder. Zusätzliche MPis mischten mit. Es waren die ersten Kollegen, die jetzt herbeistürmten. Der Fahrer des Pickup geriet in Hektik, ließ die Kiste anrollen.

Etwas wie ein Hammerschlag traf den Betonboden knapp neben mir. Ein zweiter Schlag traf eine Schiene, und ein Querschläger heulte von mir weg.

Reaktionsschnell änderte ich meine Richtung, sprintete nach rechts, fast im Neunzig-Grad-Winkel, auf den ersten Portalkran und die Waggons zu. Wieder schlug ich Haken. Die Hitze der brennenden Wracks spürte ich kaum, und es wurde kühler, da ich Abstand gewann. Aus den Augenwinkeln heraus bemerkte ich, daß der Pickup zum Stehen kam, nachdem er kaum angerollt war.

Die überlebenden Gangster gaben auf.

Geschoßgarben verfolgten mich.

Erneut legte ich Tempo zu, und jetzt wurde mir klar, daß die Schüsse von oben kamen.

Nur noch zwanzig Meter mußte ich schaffen.

Plötzlich wanderten die Kugelgarben von mir weg.

Ich hörte Phils markante Stimme. »Deckung!«

Aber die Schüsse galten nicht ihm und den Kollegen. Im Laufen, aus den Augenwinkeln heraus, sah ich, wie die Gangster auf der Pickup-Ladefläche getroffen wurde. Und der Mann hinter dem Lenkrad.

Ich erreichte den Güterwaggon unter dem Portalkran. Es war ein geschlossener Waggon mit halbrundem Dach. Hinter der vorderen Schmalwand fand ich perfekte Deckung.

Ich legte den Kopf in den Nacken, konnte aber kein Mündungsfeuer entdecken. Da wußte ich, wo der Kerl hockte.

Und ich wußte, daß Phil und die übrigen Kollegen in höchster Gefahr schwebten.

Denn unablässig hämmerten die Geschoßgarben aus luftiger Höhe herab.

Seine eigenen Komplizen hatte der Schießer bereits getötet. Das eiserne Gesetz des Mobs. Wer in eine aussichtslose Lage geriet und mit dem Schlimmsten zu rechnen hatte, durfte auf keinen Fall überleben.

Der Heckenschütze würde nicht zögern, auch meine Kollegen und mich eiskalt umzubringen. Denn er saß in der Falle. Wenn er uns nicht erwischte, erwischten wir ihn.

Für ihn ging es um Leben oder Tod.

Seine Feuerstöße stockten.

Magazinwechsel, vermutete ich.

Blitzschnell riskierte ich einen Blick um die Wagenkante herum. Und ich wußte, welche Blickrichtung angesagt war.

Meine Vermutung stimmte.

Da oben saß er, in dem gläsernen Führerstand des Portalkrans. Vor dem Hintergrund der Hafenlichter war er als Schattenriß zu erkennen. Deutlich genug jedoch, um zu sehen, daß er an seiner Waffe hantierte. Hastig hob er etwas vom Boden des Führerstands auf. Ein neues Doppelmagazin, nahm ich an. Das erste mußte er bereits leergeschossen haben.

Ich hob die MPi.

Phil und die anderen wußten, wo ich war. Ihnen war klar, was ich vorhatte. Auch wenn Phil meine Alleingänge stets sauer aufstießen, würde er doch wissen, daß Zurückhaltung angesagt war. Zumindest so lange, bis feststand, ob ich die Lage geklärt hatte oder nicht.

Der Heckenschütze hatte es geschafft. Ich glaubte sogar das Klicken zu hören, mit dem das Magazin im Verschlußschacht der Maschinenpistole einrastete.

Ich hatte meine eigene Waffe im Schulteranschlag, schaltete auf Einzelfeuer und zielte sorgfältig.

Der Mann im Kran schob den Lauf und den Vorderschaft seiner MPi durch die geöffnete Fensterklappe.

Er suchte ein Ziel, schien aber keines auszumachen.

Die Kollegen mußten hervorragende Deckung gefunden haben.

Indessen hatte ich mein Ziel klar vor Augen.

Ruhig und sicher krümmte ich den Zeigefinger. Der Druckpunkt war kaum spürbar.

Die MP5 peitschte ein einzelnes Projektil aus dem Lauf.

Ein Schrei gellte.

Dann sah ich die Waffe aus der Fensterluke hochwirbeln. Die Glasscheibe wurde zerschmettert. Splitter regneten herab. Irgendwo hinter mir, nicht weit entfernt, fiel die MPi auf den Betonboden.

Ich schaltete meine Waffe auf Dauerfeuer zurück und rannte los. Mit wenigen Sätzen erreichte ich die Leiter des Portalkrans.

Aus der Höhe des Führerstand ertönte ein Fluch, gepaart mit unterdrückten Schmerzenslauten.

Ich hängte mir die MPi um und erklomm, ohne zu zögern, die Leiter.

Unbehelligt brachte ich die ersten zehn, fünfzehn Sprossen hinter mich. Dann erreichte ich die senkrechte Leiter oberhalb der gespreizten Portalbeine des Krans. Bis zum Führerstand hatte ich noch etwa fünf Meter zurückzulegen. Senkrecht. Freischwebend.

Ich kletterte weiter, genehmigte mir nicht den Hauch einer Pause.

Nur der Boden des Führerhauses bestand aus Stahlblech. Deshalb riskierte es der hinterhältige Schießer nicht, sich hinauszubeugen. Ich war sicher, daß er zumindest noch eine Pistole bei sich hatte. Oder er hatte noch einen anderen Trumpf auf der Hand.

In der Tat.

Als erstes hörte ich das Summen der Elektromotoren, die den Kran antrieben. Dann sah ich, wie der Rüssel sich bewegte. Vor und zurück, vor und zurück.

Mir gefror das Blut in den Adern.

Der Kranhaken begann zu schwingen.

Mörderischer Stahl, groß und schwer wie ein Schiffsanker.

Der Kerl da oben verstand sein Handwerk.

Der Haken schwang nicht irgendwo in der Gegend herum. Nein, das tonnenschwere Ding hielt genau auf die Leiter zu. Es war, als ob sich ein Hund mit dem Schwanz zwischen die Beine hieb.

Immer näher kam der Stahlkoloß auf mich zu.

Ich hörte das Singen des Luftzugs, den er verursachte.

Ich kletterte schneller, doch die Stufen wollten und wollten nicht enden. Mehr als zehn hatte ich noch vor mir. Der Haken kam näher, wurde größer. Beim Wegschwingen hatte ich das trügerische Gefühl vorübergehender Sicherheit. Doch sowie das Monstrum zurückkehrte, war die Bedrohung um so schlimmer.

Ein Gefühl von Galgenhumor ließ mich auf die Idee kommen, daß ich nur den Arm ausstrecken mußte, um den heransausenden Stahlbrocken am Endpunkt seines Pendelns zu berühren. Es sah so leicht aus, als würde es keine große Mühe bereiten, den Haken einfach mit der flachen Hand zurückzuhalten.

Ich rief mir in Erinnerung, daß Abbruchbirnen etwa zur gleichen Größenordnung gehörten und imstande waren, Hauswände zum Einsturz zu bringen.

Daß der Kerl über mir sich seines eigenen Abstiegs beraubte, wenn er die Leiter zerstörte, war zumindest mir klar. Doch er würde sich das nicht vor Augen halten. Leute in seiner Lage stellen selten folgerichtige Überlegungen an. Wahrscheinlich ging er noch immer davon aus, daß er meine Kollegen ausschalten konnte. Daß er dann, wenn das Drahtseil und der Haken ausgependelt hatten, in aller Ruhe in den Rüssel hinausklettern und sich abwärts hangeln konnte.

Abermals schwang der Stahlkoloß von mir weg.

Ich holte alle Reserven aus meinen Muskeln heraus, legte noch einmal Tempo zu. Ich sah, daß sich der rüsselartige Kranausleger nach wie vor im Takt bewegte. Der Mann im Führerstand hatte den Dreh raus.

Und erneut raste der Stahlhaken auf mich zu.

Die Kollegen eröffneten das Feuer.

Nur sekundenlang peitschten ihre Schüsse. Klirrend flog das Glas des Führerstandes auseinander.

Noch fünf Stufen waren über mir.

Phil und die anderen konnten nicht mehr schießen, ohne mich zu gefährden. Und sie wußten, daß ich den Mann lebend haben wollte.

Noch drei Stufen.

Der Haken wurde größer und größer.

Noch zwei Stufen.

Wenigstens würde ich nicht getroffen werden; ich war über dem Punkt, an dem der tonnenschwere Brocken auf die Leiter prallen würde.

Über mir hörte ich ein schrilles Kichern. Es klang nach diebischer Freude, nach aberwitzigem Triumph.

Mit aller Kraft hielt ich mich fest – an der letzten Stufe, direkt unter der Luke im Stahlblechboden.

Der Kranhaken sauste heran mit zischendem Luftschwall.

Ein alles vernichtender Schlag schmetterte gegen die Leiter unter mir.

Das Krachen ging mir durch Mark und Bein. Die Sprossen unter meinen Füßen wurden weggerissen. Ich hing im freien Raum. Nur für die Dauer eines Sekundenbruchteils war ich sicher, daß die Leiter komplett aus ihrer Verankerung gerissen wurde. Unwillkürlich schloß ich die Augen, rechnete damit, in die Tiefe zu stürzen.

Doch die Leiter hielt.

Ich staunte.

Dann erklärte mir mein zurückkehrendes Denkvermögen, daß der Stahlhaken erst beim nächsten oder übernächsten Aufprall genügend Kraft mitbringen würde, um Sprossen und Holme wie eine Streichholzkonstruktion zu zerfetzen.

Mit den Füßen fand ich Halt an der schrägstehenden, verbogenen Leiter. Ich war entschlossen, die Galgenfrist zu nutzen.

Ich hielt mich mit der Linken und versuchte mit der Rechten, die Luke aufzustoßen.

Sie rührte sich keinen Millimeter.

Der Kerl hockte darauf.

Die fast waagerechten Verstrebungen, die den Führerstand trugen, konnte ich nicht erreichen. Mir blieb keine Zeit, ausreichend Schwung zu holen.

Der Mann über mir schien meine Gedanken lesen zu können.

Und ich ahnte, was er vorhatte.

Ich zog den 357er.

Im selben Moment flog die Luke über mir auf.

Ich brauchte keine Hundertstelsekunde, um das Bild zu erfassen.

Ein haßverzerrtes Gesicht in dem quadratischen Ausschnitt. Und eine klotzige Pistole. Der Nachthimmel als Hintergrund machte den Anblick nicht schöner.

Mir blieb nur dieser Bruchteil einer Sekunde, um mein Leben zu retten.

Ich feuerte.

Schußdonner, Mündungsblitz und Teilmantelblei des Magnum-Revolvers schlugen die Pistole senkrecht hoch.

Die Waffe traf die Stirn des Mannes wie ein Hammer, hieb ihn aus meinem Blickfeld.

Die tödliche Kugel hatte sich nicht mehr aus dem Lauf lösen können.

Ich schob den Smith & Wesson ins Holster und zog mich hoch. Erst jetzt bemerkte ich, daß das Pendeln des Kranhakens nachließ. Der Ausleger bewegte sich nicht mehr.

Neben dem Bewußtlosen stemmte ich mich auf den Boden des glaslosen Führerstands. Ich sah, was die eigentliche Aufgabe des Mannes gewesen war.

Die Funkfernzünder mit den eingeschobenen Hebeln standen gleich neben der Luke.

Unten sanken die Flammen allmählich in sich zusammen. Sirenengeheul und Rotlicht näherten sich von allen Seiten. Ich hob die Hand und signalisierte meinen Kollegen, daß es überstanden war. Sie konnten ihre Deckungen verlassen.

7

Minneapolis, Minnesota, erlebte einen regnerischen Montagmorgen. Der wolkenverhangene Himmel über der Stadt war geeignet, depressiven Menschen einen schlimmen Tag zu bescheren.

Donald Liberto litt nicht an Depressionen. Zu der Sorte gehörte er ganz gewiß nicht. Aber als er an diesem Morgen den Personaleingang des Großkinos ›CineCity‹ betrat, fühlte er sich mutlos.

Das bleigraue Wetter löste bei ihm die bedrückenden Fragen nach der Zukunft aus. Denn seine Zukunftsaussichten waren niederschmetternd. Er würde für alle Zeiten Filmvorführer bleiben. Er hatte keine Chancen, sich beruflich zu verändern, denn er *durfte* sich nicht verändern.

Das war ein Teil der Abmachung, nach der er lebte.

Nur eines hatten sie nicht bedacht, die neunmalklugen Planer seines neuen Lebens: Schon bald würde es so sein, daß alles, aber auch alles, was mit dem Abspulen von Kinofilmen zu tun hatte, von Computern und Robotern erledigt wurde. Schon jetzt bestand seine Arbeit in erster Linie daraus, die elektronisch gesteuerten Geräte zu überwachen.

Bald waren die Apparate soweit, daß sie sich selbst überwachten.

Und dann?

Tja, dann stand der Filmvorführer Donald Liberto auf der Straße, weit weg von New York, in einer Stadt, die ihm immer fremd bleiben würde, und in einem Land, in dem die Leute noch immer General Custers Siebente Kavallerie vorbeireiten hörten.

Seufzend machte er seinen gewohnten Rundgang durch die leeren Korridore und Vorführräume des Kinos. Es war zehn Uhr. Gleich würden die Kassiererin und die beiden Wachmänner eintreffen. Um elf begannen die ersten Vorstellungen.

Insgesamt sieben Filmsäle unterschiedlicher Größe waren in dem Gebäude des ›CineCity‹ untergebracht. Donald Liberto überprüfte die Vorführmaschinen, checkte die Programmierungen durch und begab sich dann in seinen Aufenthaltsraum.

Ein fensterloses Zimmer war das, in dem ständig das Summen der Klimaanlage zu hören war. Er schaltete die sieben Monitore ein, auf denen er sehen konnte, was in den einzelnen Kinos gerade lief. Außerdem gab es ein Schaltpult, von dem er die gesamte Technik steuern konnte. Nur wenn es einen Fehler gab und wenn neue Filmrollen eingelegt werden mußten, war es noch erforderlich, daß er sich in den betreffenden Vorführraum begab.

Er warf die Kaffeemaschine an und wartete auf

Mikey, den Kurierjungen, der ihm jeden Morgen Sandwiches und Zeitungen brachte. Mikey war pünktlich wie immer, auf die Minute. Auf das Klingelzeichen lief Donald zum Personaleingang und nahm die braune Packpapiertüte in Empfang. Er drückte Mikey zwei Dimes als Trinkgeld in die Hand, schloß die Eingangstür wieder ab und machte sich auf den Rückweg zu seinem Refugium.

Der summende Raum war der gemütlichste Ort für ihn. Hier fühlte er sich am wohlsten, denn hier verbrachte er die meiste Zeit seines zweiten Lebens. Das Apartment in einem Wohnblock in Richfield, einem Vorort, betrachtete er in erster Linie als Schlafplatz. Mit den Nachbarn dort hatte er so gut wie überhaupt keinen Kontakt. Das entsprach den Verhaltensmaßregeln, die man ihm in New York mit auf den Weg gegeben hatte.

Und er hatte sich nie eine Frau gesucht.

In dem Punkt wären seine Instruktoren begeistert von ihm gewesen, wenn sie es denn erfahren hätten. Aber sie hatten ja nicht ahnen können, daß es für ihn nur eine einzige Frau gab – in seinem ersten wie in seinem zweiten Leben. Er würde sie niemals vergessen können, und er würde niemals aufhören, sie zu lieben.

Auf dem Weg durch die morgendlich stillen Kinokorridore fragte er sich, warum er ausgerechnet heute an die Vergangenheit dachte.

Manchmal dachte er tage- und wochenlang nicht daran. Dann wurde ihm bewußt, daß er sich an sein zweites Leben letzten Endes doch gewöhnte. Er hatte ja keine andere Wahl. Vielleicht stumpfte er auch einfach nur ab. Schon möglich, daß seine Gefühle starben. Dann würde er eines Tages auch seine große Liebe vergessen haben.

Er betrat seinen Aufenthaltsraum und legte die

Papiertüte auf den Schreibtisch neben dem Schaltpult. Er füllte einen großen Becher mit Kaffee aus der brodelnden Maschine, setzte sich und machte sich über die Sandwiches her.

Er zog die Zeitungen aus der Packpapiertüte und glättete sie mit der gewohnten mechanischen Handbewegung neben seinem Kaffee und dem Pappteller mit den Sandwiches. Obenauf lag die Frühausgabe der Lokalzeitung ›The Minneapolis Oberserver‹, darunter der regionale ›Minnesota Chronicle‹, ebenfalls eine Morgenzeitung.

Donald hatte sich ein neues Sandwich genommen, und sein Blick fiel erst jetzt auf die Schlagzeilen.

Sie schrien ihn an.

Mobster-Krieg in New York City

›Feuerbestattung‹ des Superbosses Leonard Guzzo

Fast gleichzeitig sah er das Bild der Frau. Es war das kleinste auf der Seite, und doch kam es ihm größer vor als alle anderen.

Sie war nicht älter geworden.

Nur schöner.

Niemals hatte er geglaubt, sie wiederzusehen, am allerwenigsten auf einem Foto in der Zeitung.

Donald Liberto vergaß das Sandwich und den Kaffee. Er saß wie erstarrt, sein Herz hämmerte bis zum Hals hinauf, und er vergaß Zeit und Raum. Sein Blick fraß sich an dem Bild fest, an der Unterzeile, wieder an dem Bild und wieder an der Unterzeile.

Verschwunden: Marilena Guzzo, Ehefrau des mutmaßlichen Oberhaupts des Gambetta-Mobs, wurde seit dem Tod ihres Mannes nicht mehr gesehen. In New York kursieren die wildesten Gerüchte über das Verschwinden der 33jährigen.

Eines der anderen Fotos zeigte Lenny Guzzo bei einer Einweihungsfeier. In der Bildunterschrift hieß es, im New Yorker Stadtteil Queens sei das modernste Sportzentrum der Stadt eingeweiht worden. Zu verdanken habe man es Mr. Leonard Guzzo, der das Projekt finanziert und anschließend der Stadt, also den Bürgern, geschenkt habe.

Auf dem größten Foto der Seite war ein völlig ausgebranntes Autowrack zu sehen, ein Mercedes der S-Klasse. Das Wrack klebte an einer Leitplanke, und dahinter erstreckte sich die Weite eines Flusses kurz vor seiner Mündung. Donald identifizierte ihn sofort als den Hudson River, ohne den Bildtext lesen zu müssen.

Ja, verdammt, dort war er immer noch zu Hause!

So, wie er bei Marilena zu Hause war.

Es fiel ihm schwer, nicht ins Träumen zu geraten.

Ein zweiter Artikel des ›Minneapolis Oberserver‹ trug die Überschrift

Der Gambetta-Mob und seine Dons

Die Geschichte der mächtigen New Yorker ›Familie‹

Außerdem gab es noch einen dritten Bericht zum Thema, ebenfalls auf der ersten Seite:

Leonard Guzzo: Visionen eines Gangsters

Er wollte mehr sein als Capone und Gotti zusammen

Donald Liberto warf einen schnellen Blick auf die Titelseite des ›Minnesota Chronicle‹. Auch dort ging es nur um Guzzos Tod und den New Yorker Mobsterkrieg. Donald klatschte die Zeitungen zurück auf den Tisch und verschlang als erstes die Titelstory des ›Oberserver‹.

New York (ap). Von dieser ›Feuerbestattung‹ spricht ganz New York: Gestern abend wurde in Manhattan der mutmaßliche Superboss Leonard ›Lenny‹ Guzzo in seinem Privatwagen buchstäblich hingerichtet. Nach den tödlichen Schüssen aus einer überholenden Limousine brannte Guzzos Wagen vermutlich durch einen Sprengsatz aus. Guzzos völlig verkohlte Leiche wird derzeit von Gerichtsmedizinern untersucht. Von seiner Ehefrau Marilena fehlt unterdessen jede Spur.

Marilena Guzzo soll von Augenzeugen noch im Wagen ihres Mannes gesehen worden sein. Als der Mercedes des mutmaßlichen Mobsters gegen eine Leitplanke am Ufer des Hudson River prallte, so wird in FBI-Kreisen vermutet, könnte Marilena hinausgeschleudert worden sein. Als aufschlußreich wird in diesem Zusammenhang der Umstand gewertet, daß zwei durch Pistolenschüsse getötete Männer in der Nähe des ausgebrannten Autowracks lagen.

Bei den beiden Toten handelt es sich um Mitglieder des Gambetta-Mobs, die allerdings nicht zu den höheren Rängen gehörten. Nach Marilena Guzzo läuft eine Mehrstaaten-Fahndung. Unterdessen hoffen die Pathologen darauf, Lenny Guzzos Leiche zweifelsfrei identifizieren zu können.

Die Ermordung des mutmaßlichen Top-Mobsters geschah vor dem Hintergrund sich zuspitzender Auseinandersetzungen innerhalb des organisierten Verbrechens von New York. Zentrum oder Hauptzielscheibe dieser Auseinandersetzungen war offenbar die Gambetta-Familie, deren eigentliche Namensgeber schon lange nicht mehr existieren. So verhielt es sich auch bei anderen bekannten ›Familien‹. John Gotti, beispielsweise, war Oberhaupt des Gambino-Mobs.

Kenner der New Yorker Mob-Szene sind überzeugt, daß es sich auch bei dem jetzt ausgebrochenen ›Krieg‹ um Machtkämpfe innerhalb des Gambetta-Mobs handelt ...

Donald Liberto ließ sich auf dem Stuhl zurücksinken. Auf einmal fühlte er sich kraftlos, wie erschlagen.

Und dennoch war es ein wohliges Gefühl.

Als erstes mußte er seine Gedanken in den Griff kriegen. Noch fuhren sie Karussell mit ihm, und er fand den Punkt nicht, an dem er abspringen konnte, um das Karussell anzuhalten.

Es dauerte eine Weile, ehe er ruhiger wurde, ehe er sich konzentrieren konnte. Er brachte seine Gedanken auf den Punkt. Die wichtigste aller Nachrichten lautete: Marilena war frei!

Die Liebe seines Lebens war wieder für ihn da. Bestimmt war sie das, denn sie hatte es ihm versprochen. Und die zweitwichtigste Nachricht:

Lenny war tot.

Sein Todfeind existierte nicht mehr.

Einen glücklicheren Zufall konnte es nicht geben.

Damals, als er sich entschlossen hatte, mit dem FBI zusammenzuarbeiten, hatten sich alle Dinge gegen ihn gewendet.

Damals, als er noch Frank Lorence hieß ...

Ein Gefühl von Wehmut erfaßte ihn bei dem Klang, den der Name in seinen Gedanken verursachte. Sein richtiger Name.

Er war als Kronzeuge gegen Lenny Guzzo aufgetreten.

Marilena hatte ihm gehört – ihm, Frank Lorence.

Doch dann hatten die Beweise gegen Guzzo nicht ausgereicht. Vielleicht waren seine Anwälte auch einfach nur cleverer gewesen als der Federal Attorney, der Bundesanwalt. Lenny hatte den Gerichtssaal als freier Mann verlassen – ein strahlender Sieger, der vor der Presse seinen großen Auftritt zelebrierte.

Und er, Frank Lorence, hatte alles verloren. Marilena. Und sein Leben.

Sein erstes Leben mußte ausgelöscht werden, das hatte er eingesehen. Denn im Gambetta-Mob hieß er nur noch ›Frank the rat‹, und das sagte alles. Ein Verräter war eine Ratte, und eine Ratte mußte man töten.

Vom Tag jener Gerichtsverhandlung an hatte Frank Lorence aufgehört zu existieren. Wohl oder übel hatte er sich unter den Schutz des Justizministeriums stellen lassen und war in das sogenannte Zeugenschutzprogramm aufgenommen worden.

Nicht einmal Marilena hatte erfahren, was aus ihm geworden war.

Und das Geheimnis, das sie bewahrten?

Bewahrte Marilena es genauso wie er?

Oder hatte sie sich von Lenny derart beeinflussen lassen, daß sie sogar die größte Liebe ihres Lebens vergaß?

Nein, sie konnte ihn nicht vergessen haben. Völlig ausgeschlossen. Was sie miteinander erlebt hatten und was sie miteinander verband, war so wunderbar und so einmalig, daß es für die Ewigkeit reichte. Daran vermochte auch eine Scheinehe mit einem Lenny Guzzo nichts zu ändern. Marilena hatte den Kerl nur geheiratet, um zu überleben. Sie hatte sich nach der Decke strecken müssen, völlig klar.

Ohne Lennys Gunst wäre sie in der Gosse gelandet. Als Prostituierte, als Fixerin.

Eile befiel den einsamen Mann im Aufenthaltsraum des Kinos. Er mußte zurück nach New York. Sofort.

Das bedeutete, er mußte hier in Minneapolis alle Zelte hinter sich abbrechen.

Aber würde Marilena ihn überhaupt wiedererkennen?

Er ließ seine Sandwiches und den Kaffee zurück und ging hinüber in den Waschraum.

Der Mann, der ihn aus dem Spiegel ansah, war Donald Liberto. Er war dunkelblond wie früher, aber er trug das Haar kurzgeschoren, im Stil des Army Crew Cut. Er war siebenunddreißig Jahre alt, aber seit der Gesichtsoperation wirkte er jünger. Facelifting als Nebeneffekt.

Denn durch die Operation waren die eigentlichen Veränderungen entstanden, jene im Grunde kaum nennenswerten Maßnahmen, die ihm ein völlig anderes Aussehen gaben als früher.

Ursprünglich hatte er eine Hakennase gehabt. Sie existierte nicht mehr. Das Ebenmaß seiner heutigen Nase bescherte ihm ein klassisches römisches Profil. Hinzu kamen die Wangenknochen, die durch Implantate beträchtlich verstärkt worden waren und aus dem römischen einen slawischen Gesichtsschnitt machten. Letzterer wurde auch durch den sichelförmigen Schnauzbart unterstrichen.

Er mußte Donald Liberto bleiben, weil seine Papiere auf diesen Namen lauteten. Als Donald Liberto mußte er seinen Job kündigen und sich heimlich, still und leise von Minneapolis verabschieden. Und auf dem Weg in seine Heimatstadt konnte er sich keine Schwierigkeiten leisten. Er wollte auch nicht lautstark auf sich aufmerksam machen.

Niemand mußte wissen, daß ›Frank the rat‹ zurückgekehrt war. Nur für Marilena würde er wieder Frank Lorence sein.

Die Sonne schien auf das Portal des Gerichtsgebäudes an der Centre Street in Manhattan. Es war die perfekte Kulisse für einen glanzvollen Auftritt.

Fernsehteams und Pressefotografen hatten sich auf

den flachen Steinstufen zusammengerottet. Passanten blieben stehen und gesellten sich hinzu, als sie erfuhren, wer jeden Moment herauskommen mußte.

»Es herrscht große Spannung«, sagte die Reporterin mit dem gelben Mikrofon in der Hand. Sie lauschte auf etwas, das ihr der Funkknopf flüsterte, der in ihrem linken Ohr steckte. Dann nickte sie in die Kamera und sprach weiter. »Ja, ich höre gerade, daß er soeben den Gerichtssaal verläßt. In wenigen Sekunden wird also klar sein, wie die Entscheidung des Gerichts ausgefallen ist . . .«

John D. High hatte die Fenstervorhänge seines Büros zugezogen, damit der Bildschirm des kleinen Fernsehgeräts ein kontrastreicheres Bild lieferte.

Phil hieb mit der flachen Hand auf den Tisch. »Das glaube ich nicht!« rief er. »Das glaube ich einfach nicht!«

Mr. High lächelte nachsichtig. »Sie werden es müssen, ob Sie wollen oder nicht.«

»Wenigstens haben wir Vorsorge getroffen«, murmelte ich.

»Ob die was nützt, bleibt noch die große Frage«, entgegnete Phil.

Der Pessimismus hatte ihn wieder. Wie hätte es an einem Montagmorgen auch anders sein sollen. Der Sonnenschein vermochte daran nichts zu ändern.

Mr. High hatte uns eigens wegen der Fernsehsendung in sein Büro gerufen. In den Elf-Uhr-Nachrichten von ›New York One‹ war die Sondersendung angekündigt worden. Live vom Gerichtsgebäude an der Centre Street.

Unsere Anwesenheit war dort nicht erforderlich gewesen. Was jetzt gelaufen war, hatten die Anwälte, der Federal Attorney und der Richter ausgehandelt.

Und es sah verdammt danach aus, daß es für uns wieder mal ein Schlag ins Gesicht werden würde.

Auch ohne Lenny Guzzo würde es immer wieder Mobster geben, die als Strahlemann auftraten und den Menschen klarzumachen versuchten, daß sich das Verbrechen letzten Endes doch lohnt.

Im Fall Guzzo hatten die Leute vielleicht gerade begriffen, daß es eben nicht so war. Doch schon tauchte der neue Blender auf, der ihnen weismachen wollte, ein honoriger Geschäftsmann zu sein. Einer, der die Stadt New York schon bald mit neuen Spenden, Stiftungen und Zuschüssen beglücken würde.

Aus dem Lautsprecher des Fernsehgeräts war während der letzten Sekunden nur das Stimmengewirr der Schaulustigen gedrungen.

Unvermittelt wurde es still.

»Es ist soweit«, sagte die Reporterin andächtig. »Gleich werden wir aus seinem eigenen Munde hören, wie es gelaufen ist.«

Die Kamera schwenkte auf eine der großen Türen aus amerikanischer Eiche. Im selben Moment schwangen beide Türflügel gleichzeitig auf.

Walter Galante trat heraus.

Ein vielstimmiger Freudenruf empfing ihn. Beifall wurde geklatscht. Er lachte, hob die Arme, schloß die Hände über dem Kopf und schüttelte sie.

Die beiden Anwälte standen unmittelbar hinter Galante und lächelten voller Stolz.

Mikrofone wurden dem neuen Mob-Star entgegengereckt, Reporter bedrängten ihn mit Fragen.

»Sind Sie auf freiem Fuß, Mr. Galante?«

»Wie hoch ist die Kaution ausgefallen?«

»Was sind die Auflagen?«

»Wie wird die Anklage lauten?«

Er ließ die Hände ein Stück sinken und bewegte sie über Kreuz, um für Ruhe zu sorgen.

»Ja, ich bin draußen!« rief er. »Zum Glück kann ich sagen, daß die Gerechtigkeit mal wieder gesiegt hat.

Den Rest, liebe Freunde, werden Ihnen meine Anwälte berichten.«

Wir kannten sie beide. Raymond J. Carr und Robert B. Fuller. Beide hatten bereits Lenny Guzzo in mehreren Prozessen vertreten. Und immer waren sie am Ende die Sieger gewesen.

»Erstens«, sagte Carr feierlich, »besteht bei Mr. Galante weder Flucht- noch Verdunklungsgefahr. Außerdem ist ihm nicht nachzuweisen, daß er in dem Unterhaltungsbetrieb an der Tenth Avenue auf jemanden geschossen hat. Die Geiselnahme war lediglich eine Kurzschlußreaktion, in die er durch die FBI-Agenten getrieben wurde.«

»Demzufolge ...«, übernahm Fuller das Wort, »kann die Anklage allerhöchstens auf vorsätzliche Körperverletzung lauten, da die Geisel bekanntlich einen Schock erlitten hat.«

Ein Raunen ging durch die Zuhörerschar.

»Die Kaution«, fuhr der Anwalt fort, »wurde auf fünfhunderttausend Dollar festgesetzt und von unserem Mandanten sofort gezahlt.«

Galante und seine Rechtsverdreher setzten sich in Bewegung. Von Fragen und Blitzlichtgewitter begleitet, schritten sie im Triumphzug die Portalstufen hinunter.

Die Kamera ging auf Totale, und ein schwarzer Lang-Lincoln wurde sichtbar. Galantes Limousine.

Gespannt beugten wir uns vor.

Der Kameramann von ›New York One‹ hatte eine gute Position erwischt. Beim Einsteigen war Walter Galante in voller Größe zu sehen. Bis hin zu den blankgeputzten Schuhen.

»Sie sind es!« rief Phil begeistert. »Er hat sie noch immer an!«

»Er hatte keine Zeit, sie zu wechseln«, dämpfte ich den neu erwachenden Optimismus meines Freundes.

»Einigen wir uns«, schlug Mr. High vor. »Selbst wenn er sie zu Hause auszieht und wegstellt, werden sie uns noch gute Dienste leisten.«

Wir schmunzelten und lehnten uns zurück.

Bei allem Grund zur Trübsal waren Walter Galantes italienische Designerschuhe wie ein Silberstreif am Horizont. Unsere Wachmänner hatten sie ihm in der Nacht aus der Zelle im Vernehmungstrakt stibitzt. Anschließend hatten sie den Absätzen je einen winzigen Sender eingepflanzt und die Bohrlöcher, die zum Steg hin plaziert waren, derart präzise wieder verschlossen, daß nicht einmal mit einer Lupe etwas zu erkennen gewesen wäre.

Bei den Schuh-Implantaten handelte es sich um einen Peilsender und um einen Sender zur Tonübertragung.

Mit ein bißchen Wohlwollen ließ sich das Hotelzimmer in die Zwei-Sterne-Kategorie einstufen. Das Bett war okay, der Fernseher funktionierte.

Der brummende Kasten, der in die untere Fensterhälfte eingelassen war, nannte sich Klimaanlage und schaufelte unermüdlich schwüle Luft aus dem Innenhof herein.

Marilena gab die Hoffnung nicht auf, daß es dort draußen im Halbdunkel doch wenigstens ein oder zwei Grad kühler war als im Zimmer. Dabei war es noch nicht einmal Mittag, und in den Innenhof des zwanzigstöckigen Gebäudes drang nie ein Sonnenstrahl vor. Aber das besagte in Manhattan überhaupt nichts. Hitze und abgasverpestete Luft drangen überallhin vor.

Bestimmt wurde das in dem Moment besser, in dem die Anti-Raucher-Kampagne endlich auf der ganzen Linie siegte und auch auf der Straße nicht mehr geraucht werden durfte. Dann würde die Luft endlich wieder frei und rein sein. Das schienen sie wirklich zu glauben, diese Schwachköpfe.

Marilena schaltete den Fernseher aus, steckte sich eine Hundert-Millimeter-Zigarette an und inhalierte genußvoll. Sie versenkte sich in den quietschenden Sessel, trank einen Schluck von ihrer eiskalten Coke und rauchte mit ausgiebigen Zügen.

Das Hotel lag an der West 49th Street, zwischen Ninth und Tenth Avenue. Der Name war das einzig Hochtrabende an dem Schuppen: ›Metropolitan‹. In Reiseführern und Prospekten wurde es nicht erwähnt. Der Vorteil war, daß man hier seine Ruhe hatte, daß niemand über irgend jemanden ein Wort verlor. Zum Untertauchen war das ›Metropolitan‹ ideal. Marilena wußte es aus früheren Jahren, als sie mit dem Rotlichtdistrikt noch eng verbunden gewesen war – vornehm ausgedrückt.

Frank hatte sie damals herausgeholt.

Marilena schloß die Augen, versuchte die melancholischen Gedanken zu unterdrücken.

Frank, ach Frankie ...

Sie konnte die Tränen nicht zurückhalten. Es kostete eine Menge Kraft, die Erinnerung im Zaum zu halten. Das Schicksal zu akzeptieren, war schwer. In den knapp zwei Jahren an Lennys Seite war es ihr gelungen, weil sie in einem ständigen Machtkampf mit ihm gelebt hatte. Dadurch war sie voll gefordert gewesen. Vielleicht hatte sie diese Auseinandersetzung gesucht, um mit dem schlimmsten Verlust ihres Lebens fertigzuwerden.

Sie hatte Frank damals ermutigt, gegen Lenny auszusagen. Die Rechnung war nicht aufgegangen, und Frank hatte tun müssen, was ein Mann in einer solchen Situation tun mußte.

Sie dagegen war Lenny ausgeliefert gewesen. Sie

hatte nur zwei Möglichkeiten gehabt. Verweigerte sie sich ihm, war sie tot. Sie aber wollte leben. Und das war nur gemeinsam mit Lenny möglich gewesen.

Marilena mußte sich erst daran gewöhnen, daß ein neues Leben für sie begann. Sie war noch nicht in der Lage gewesen, die Dinge in ihrem Kopf zu sortieren.

Lenny war tot.

Unfaßbar.

Aber die Fernsehsendung war der Beweis. Derjenige, der sich da der Öffentlichkeit präsentiert hatte, fühlte sich bereits als Lennys Nachfolger.

Galante war ein Schwachkopf. Er kam sich vor wie der großartige Sieger, dabei hatte er keinen Schimmer. Wenn er ernsthaft vorhatte, Lennys Nachfolge anzutreten, würde er sein blaues Wunder erleben. Marilena hatte hautnah miterlebt, was für Durchsetzungsvermögen es erforderte, eine Organisation wie die Gambetta-Familie zu leiten.

Galante war größenwahnsinnig geworden, um es sich zuzutrauen. Marilena erinnerte sich indessen an Lennys Worte. *Nur einer in dem ganzen Verein hat das Zeug dazu, mein Nachfolger zu werden, und das ist Mike Fontana.*

Marilena wußte inzwischen, wer Mike auf dem Gewissen hatte. Howie hatte es ihr letzte Nacht erzählt. Parisi, dieser verdammte Bastard.

Triefnaß war Marilena aus dem Hudson River gekrochen und hatte eine einsame Telefonzelle gefunden. Niemand hätte ihr in dem Moment zu nahe kommen dürfen, denn die Glock hütete sie wie einen Schatz. Howie war dann eine Viertelstunde später zur Stelle gewesen und hatte sie in seinen Wagen geladen. Er hatte trockene Sachen dabeigehabt und war mit ihrem Vorschlag einverstanden gewesen, ins ›Metropolitan‹ zu gehen.

Soweit der Stand der Dinge.

Aber wie, in aller Welt, sollte sie Frankie finden?

Lebte er überhaupt noch?

Das Telefon zerklingelte ihre Gedanken.

Sie blinzelte, schüttelte unwillig den Kopf. Es konnte nur Howie sein, der sie anrief. Außer ihm wußte niemand, daß sie hier war. Sie drückte den Zigarettenrest in den Aschenbecher und nahm den Hörer ab.

»Hallo, Kleines! Wie geht's?«

Marilena spürte, wie ihr Herz stehenblieb. Es war wie eine eisige und zugleich glühend heiße Faust, die ihre Brust umfaßte. Sie rang nach Atem, die Kehle wurde ihr eng.

Sie hörte sich röcheln.

»He, Kleines, was ist los? Geht's dir nicht gut?«

»Wer – wer ...?« Marilena holte Luft wie eine Ertrinkende, die ein letztes Mal über die Wasseroberfläche kam.

»Na, sag mal! Das hört sich aber gar nicht gut an!«

Marilena konnte endlich wieder durchatmen; dabei hatte sie noch immer das Gefühl, einen totalen Herzstillstand zu erleiden.

»Wer – bist du?« keuchte sie.

»Na hör mal! Glaubst du, es gibt irgendeinen Kerl, der meine Stimme imitieren kann?« Der Anrufer machte eine kurze Gedankenpause. Dann rief er laut: »He, sag mal, bin ich vielleicht berühmter, als ich dachte? Gibt's schon irgendeine Comedy-Show, in der mich einer nachmacht?«

Das war sie, die unverfälschte Geltungssucht, wie sie nur ein einziger Mann in ganz New York beherrschte. Obwohl diese Stadt voll war von geltungsgeilen Psychopathen, gab es nur einen, der John Gotti darum beneidete, als alberne Gummipuppe im Fernsehen aufzutreten.

Marilena schloß die Augen.

Sie staunte über sich selbst, weil kein Herzversagen sie dahingerafft hatte. »Das darf nicht wahr sein! Du bist tot!«

»Höre ich mich so an?«

»Aber du bist doch in dem Mercedes verbrannt!«

»Das hättest du gerne, was?« Er lachte.

»Wer war es denn dann?«

»Das würdest du gern wissen, was?«

Marilena kam sich erneut vor wie eine Ertrinkende, diesmal, weil sie sich an den Strohhalm klammerte, der die verzweifelte Hoffnung war, es möge Lenny doch erwischt haben. Vielleicht war es doch jemand, der ihn nachmachte. Einer, der lange genug in seiner Umgebung gelebt hatte, um ihn genau genug zu kennen. Vielleicht hatte der Typ ihr diesen Hinweis aus purem Übermut gegeben. Um sie glauben zu machen . . .

Sie unterbrach ihre Gedanken und sagte: »Du bist nicht Lenny.« Sie ließ es so überzeugt wie möglich klingen.

Er lachte schallend.

»Ach, du liebe Güte! Na, dann warte mal bis heute abend. Dann werde ich es dir in deinem Hotelbett besorgen, daß du denkst, dich reitet der Teufel.« Er schnaufte. »Okay, jetzt mal ernsthaft. Hast du meine Glock noch?«

In diesem Moment wußte Marilena, daß er es wirklich war.

»Ja«, antwortete sie kleinlaut.

»Dann sieh zu, daß du sie loswirst. Du hast damit zwei Kerle umgelegt. Wenn die Bullen die Kanone bei dir finden, bist du dran.«

»Das war Notwehr.«

»Red keinen Scheiß! Wer soll dir denn das abkaufen? Die Jungs wollten dir doch bloß auf die Beine helfen und dich ins Hospital bringen.«

»Das ist nicht wahr!« Marilena schrie es fast. »Laß mich in Ruhe, verdammt noch mal!«

Lennys Stimme wurde eisig. »Das werde ich nicht tun, mein Kleines. Hast du mir etwa Ruhe gegönnt? Denk mal über alles nach, was du dir so geleistet hast. Wenn du wirklich ein reines Gewissen hast, brauchst du ja nichts zu befürchten. Aber ich denke mal, den Punkt können wir von vornherein vergessen.«

Marilena schrie nun doch. »Ich werde Jerry Cotton anrufen!«

Lenny lachte abermals. »Ich bin sicher, das wirst du nicht tun. Soll ich dir sagen, warum?«

»Nein!«

»Ich tu's trotzdem. Wenn du Cotton anrufst, verbaust du dir die Chance, auf die du wartest, seit die Ratte versucht hat, mich hinter Gitter zu kriegen. Du hast mich ja auch nur geheiratet, damit du der Ratte irgendwann, eines Tages, wieder zur Verfügung stehen kannst. Und jetzt hast du gedacht, der Tag ist gekommen. Aber das war ein Irrtum, Kleines. Die Sache auf der Twelfth Avenue war ein Trick, und die beiden Jungs sollten dich natürlich nicht ins Hospital bringen. O nein, sie sollten dich verschwinden lassen. Du solltest der Lockvogel sein, damit ich mir die Ratte zur Brust nehmen kann. Kapiert?«

Marilena fiel es wie Schuppen von den Augen.

Lenny hatte mehrere Fliegen mit einer Klappe schlagen wollen. Er hatte seinen eigenen Tod inszeniert, um in dem offen entbrannten Krieg der Mobster überleben zu können. Als unbekannte Größe hatte er aus dem Hinterhalt heraus operieren wollen, um seine Widersacher zu beseitigen. Daß Walter Galante seinen Nachfolger spielte, war durchaus beabsichtigt.

Alle sollten glauben, daß Lenny Guzzo tot war.

Nicht zuletzt Frankie sollte das glauben.

»Kapiert«, hauchte sie.

»Na, fein«, entgegnete Lenny mit unverhohlenem Triumph. »Schreib dir eines hinter die Ohren, Kleines: Du brauchst gar nicht erst vor mir wegzulaufen. Du schaffst es sowieso nicht. Warte am besten in deinem verlausten Hotelzimmer. Spätestens heute abend bin ich bei dir. Freu dich auf mich!«

Es knackte in der Leitung. Er hatte aufgelegt.

Marilena war froh, nicht länger mit dem Kerl reden zu müssen. Wie in Trance ließ sie den Hörer in die Gabel sinken. Sie konnte sich nicht mal mehr vorstellen, jemals mit Lenny Guzzo verheiratet gewesen zu sein. Und das, obwohl sie vor ein paar Stunden noch mit ihm zusammen gewesen war.

Neue Willenskraft erwachte in ihr. Eiserne Entschlossenheit. Am wichtigsten war: Sie mußte Frankie vor dem sicheren Tod bewahren. Denn wo er auch war, er würde von Lennys vermeintlichem Tod hören. Und es gab keine Möglichkeit, ihn dort, in seinem neuen Leben zu warnen. Keine Chance, ihm zu sagen, daß Lennys Tod eine teuflische Finte war.

Marilena faßte einen Entschluß, ohne lange nachdenken zu müssen. Sie würde tun, was niemand von ihr erwartete. Absolut niemand.

Nicht mal Frankie.

8

Der Geruch war wie immer unbeschreiblich. In die klinische Reinheit des Leichenschauhauses mischte sich jener Hauch des Todes, den selbst die stärksten chemischen Mittel nicht zu dämpfen vermochten. Vom Vorraum aus, durch die große Glasscheibe, sahen Phil und ich Dr. Charles Malone an seinem Arbeitsplatz in Sektionsraum drei. Alle fünf Tische aus rostfreiem Edelstahl waren belegt. Pathologen und Sektionsgehilfen untersuchten Leichen der vergangenen Nacht oder des vergangenen Tages. Eine war dabei, die monatelang im Wasser gelegen haben mußte.

Der Assistent, der uns hereingeführt hatte, händigte uns Schutzmasken aus. Dr. Malone war an dem Tisch ganz vorn beschäftigt. Verteilt in der stahlglänzenden Mulde war ein unförmiges Schwarz zu sehen, von dem man sich nur schwer vorstellen konnte, daß es einmal ein Mensch gewesen war.

Dr. Malone schien die Blicke gespürt zu haben. Er drehte sich um, sah uns und gab uns mit einem Handzeichen zu verstehen, daß wir bleiben konnten, wo wir waren. Erleichtert gaben wir dem Assistenten die Schutzmasken zurück. Auf der anderen Seite der großen Glasscheibe erteilte der Gerichtsmediziner seinen beiden Gehilfen Anweisungen. Er trat an ein Waschbecken, streifte die Handschuhe ab und reinigte Hände und Unterarme gründlich mit Wasser und Seife. Dann kam er zu uns heraus.

»Jerry! Phil!« rief er. »Freut mich, Sie zu sehen. Obwohl – was ich Ihnen zu bieten haben, wird Sie nicht gerade erfreuen.«

»Was ist es?« fragte ich, nachdem wir uns begrüßt hatten.

»Nichts«, antwortete der hochgewachsene, grauhaarige Pathologe. »Schlicht und ergreifend – nichts.«

Phil hatte den Schalk im Nacken. Er zeigte nach nebenan, auf den Tisch mit der verkohlten Masse. »Dann ist das gar kein Mensch?«

»Doch, es war einer«, erwiderte Dr. Malone und deutete ein Lächeln an. »Das läßt sich absolut nicht bestreiten. Aber damit wären wir auch schon so ziemlich am Ende der Fahnenstange angelangt.«

»Charles«, sagte ich eindringlich. »Wie wäre es,

wenn wir uns auf irgendeine Art von Klartext einigen?«

»Nichts dagegen einzuwenden«, erwiderte er. »Nur habe ich leider nichts zu bieten, über das wir uns einigen könnten.«

Ich verstand, worauf er hinauswollte. Trotzdem rekapitulierte ich: »Sie haben gleich am Sonntag mit der Arbeit begonnen. Die Ringe, die Sie von den Fingern der verkohlten Leiche zogen, waren Lenny Guzzos Ehering und ein teurer Diamantring. Der gehörte ebenfalls Lenny, wie wir inzwischen festgestellt haben. Heute ist Dienstag.«

»Ich weiß.« Der Doc blickte auf seine Armbanduhr. »Und es ist bereits fünfzehn Uhr.«

»Alles Weitere wollten Sie bis heute klären«, fügte Phil hinzu.

»Auch das ist richtig.« Dr. Malone sah meinen Freund an. »Aber es gibt nichts Weiteres. Das ist der Punkt. Der Tote kann Lenny Guzzo sein, er kann aber auch *nicht* Lenny Guzzo sein. Bis jetzt kann ich Ihnen keinen Beweis liefern, weder in die eine noch in die andere Richtung. Das ist allerdings noch nicht der endgültige Stand der Dinge. Ich hoffe, daß wir noch auf ausreichende Knochensubstanz stoßen, um einen genetischen Fingerabdruck entnehmen zu können. Ich fürchte, das wird unsere einzige Möglichkeit sein. Leben Guzzos Eltern noch?«

»Ja«, antwortete ich. »Er hat ihnen einen Alterswohnsitz in Florida gekauft.«

»Gut«, sagte der Pathologe. »Dann hätten wir also die Vergleichsmöglichkeit, die wir brauchen. Tut mir leid, Gentlemen, aber wir tun unser Bestes.« Mit einer Kopfbewegung wies er auf seine beiden Gehilfen.

Der verkohlte Leichnam aus Lenny Guzzos Mercedes sah nach meinem Eindruck nicht so aus, als ob er überhaupt noch irgendein Untersuchungsergebnis ermöglichte. Doch ich wußte, daß die Pathologen manchmal wahre Wunder vollbrachten.

Wir verabschiedeten uns von Dr. Malone, nachdem ich ihn gebeten hatte, uns zu benachrichtigen, falls er Fortschritte machte.

Der Parkplatz hinter dem Gebäude lag im Sonnenschein. Ich hatte meinen Jaguar E-type auch an diesem Tag in der Tiefgarage gelassen. Meist benutzte ich den roten Edelrenner nur noch für private Freizeitfahrten. Er war einfach zu kostbar geworden, um ihn ständig im Dienst zu ramponieren.

»Komische Sache«, sagte ich, als wir in unserem FBI-Chevy saßen.

»Finde ich gar nicht.« Phil zog die Beifahrertür zu und sah mich an. »Was der Doc sagt, klingt doch plausibel. Er kann nicht beweisen, daß der Tote Lenny Guzzo ist. Na und? In wie vielen ähnlichen Fällen war das schon so!«

»Stimmt schon«, erwiderte ich und startete den Motor. »Aber das Merkwürdige ist Marilenas Verschwinden – und die Tatsache, daß sie zwei von Lennys Leuten erschossen hat.« Ich hob beschwichtigend die Hand, als ich sah, daß Phil den Mund öffnete. »Okay, ich weiß, auch davon ist nichts bewiesen. Marilena kann ebensogut in ein Taxi gestiegen und zu einer Freundin gefahren sein.«

»Oder zu einem Freund.«

»Oder nach LaGuardia Airport, Kennedy Airport, Newark Airport. Nichts ist ausgeschlossen.« Ich rangierte den Wagen aus der Parkbucht. »Aber nehmen wir mal an, Marilena ist wirklich verschwunden, und sie *hat* die beiden Männer erschossen – was steckt dann dahinter?«

Phil nickte nachdenklich.

»Du meinst – Marilenas Verhalten, basierend auf Lennys Tod?«

»Genau das.« Ich wartete eine Lücke im fließenden Verkehr ab und fuhr auf die Centre Street hinaus.

»Denkst du an Frank Lorence?« fragte Phil stirnrunzelnd.

»Allerdings.« Ich lächelte, ohne den Blick von der Fahrbahn zu wenden.

»Aber sie *kann* keinen Kontakt zu ihm aufnehmen.«

»Sie nicht.«

Phil starrte mich an. »Du meinst ...« Er schüttelte entschieden den Kopf. »So dumm kann Frank nicht sein. Lennys Tod bedeutet doch nicht, daß er vor Rache sicher ist.«

»War nur so eine Idee«, entgegnete ich achselzuckend. »Aber vergiß nicht, daß Marilena und Frank eine starke Beziehung hatten.«

»Mhm, stimmt. Aber da, wo Frank jetzt ist, könnte er eine neue, noch stärkere Beziehung gefunden haben.«

Wir mußten uns an das halten, was wir effektiv hatten.

Und das war ein Paar Schuhe.

Phil nahm Funkverbindung mit Mr. High auf, und wir erfuhren, daß Walter Galante immer noch mit seinen italienischen Lieblings-Tretern herumlief.

Unser Lichtblick.

Nach der Fahrt durch den Lincoln-Tunnel tauchte der Greyhound-Bus noch kurz wieder in den Sonnenschein, um über das Zufahrtsystem des Port Authority Bus Terminal in der riesigen Halle der Bussteige zu verschwinden.

Frank Lorence kam es vor, als würde er von Manhattan verschlungen. Der Bauch der Sieben-Millionen-Stadt New York fraß ihn in sich hinein, um ihn nie wieder freizugeben.

So kam es ihm vor in der Weite der Halle, die von Dieselabgasen und dem Motorendröhnen anfahrender Langstreckenbusse ausgefüllt war. Frank fühlte sich zu Hause. Schon als Kind hatte er sich an dem würzigen Geruch erfreut, den Diesel- und Benzinmotoren von sich gaben. In der Autowerkstatt seines Vaters, drüben in Flatbush, Brooklyn, hatte er sich daran regelrecht berauscht.

Und er hatte seinen Daddy bewundert, wenn er in seiner schwarzverschmierten Montur mit seinen öligen Fingern die Schachtel aus der Brusttasche gezupft und sich eine filterlose Lucky angesteckt hatte. In den Schwaden der Diesel- und Benzinverbrennung war der Duft der Tabakverbrennung die absolute Krönung gewesen.

Die drei Komponenten zusammen waren für Frank das Sinnbild des großen, starken Amerika gewesen. Damals schon, als kleiner Junge, hatte er in Daddys Werkstatt die Augen geschlossen und sich mit Hilfe von Diesel-, Benzin- und Tabakduft in die weiten Burley-Plantagen Virginias geträumt, wo mächtige Trucks und chromblitzende Straßenkreuzer auf den Highways in den Horizont hineinfuhren.

Ja, das war die Kraft Amerikas.

Hier und heute spürte er sie wieder, im Herzen Manhattans.

Er war froh, zurückgekehrt zu sein. *Seine* Kraft würde er Marilena widmen. Er war so stark wie nie zuvor, und eben dies würde Marilena zu schätzen wissen. Sie brauchte ihn jetzt, davon war er überzeugt. Vielleicht würden sie in New York bleiben, vielleicht würden sie die Stadt aber auch gemeinsam verlassen, um an einem Ort zu leben, wo niemand sie kannte und niemand sie finden würde.

Doch andererseits gab es für ihn keine Feinde mehr in dieser Stadt.

Lenny Guzzo existierte nicht mehr.

›Frank the rat‹ existierte nicht mehr.

Wozu sich also Sorgen machen? Lennys Freunde hatten noch nie von einem Mann namens Donald Liberto gehört. Und gesehen hatten sie ihn schon gar nicht.

Er hatte nur Handgepäck mitgenommen, eine kleine Reisetasche. An dem langen Lederriemen hängte er sie über die Schulter und ging hinüber in die Eingangshalle des Terminals. Die Wohnung in Minneapolis hatte er erst einmal behalten. Wenn Marilena wollte, konnten sie dort Urlaub machen, und er würde ihr zeigen, wie er in den letzten zweieinhalb Jahren gelebt hatte.

Er fand eine geschlossene Telefonzelle, die frei war. Das Telefonbuch war noch nicht zerfleddert. Die Transit-Cops, die überall im Terminal in Zweierstreifen herumliefen, leisteten ihren Beitrag für ein besseres New York. Frank hatte die vielen Zeitungs- und Illustriertenberichte gelesen, in denen es hieß, daß New York mittlerweile zu den sichersten Großstädten der USA gehörte.

Er rief die Anzeigenannahme der ›Daily News ‹ an, gab seinen kurzen Text für eine zweispaltige Annonce durch. Zur Bezahlung nannte er die Nummer der Kreditkarte, die auf den Namen Donald Liberto ausgestellt war.

Die Abendluft in Manhattan war noch immer warm, obwohl es in einer Stunde bereits Mitternacht sein würde. Der Sommer war da. Beton, Stein und Glas hatten die Sonnenwärme des Tages gespeichert und gaben sie nun allmählich wieder ab.

Walter Galante hatte die Fensterscheibe heruntergekurbelt und ließ sich vom milden Fahrtwind umfächern. Er saß rechts im Fond des Taxis und betrachtete die Leute auf den Bürgersteigen des Broadway und der Eight Avenue. Es gab beträchtliche Unterschiede, von den elegant gekleideten Menschen im Theater District bis zu den Heruntergekommenen in den dreißiger Straßen.

Der Fahrer des Yellow Cab stammte aus Haiti und sprach eine kindisch klingende Mischung aus Kreolisch und Englisch. Immerhin hatte er aber sofort gewußt, wo Battery Park City lag. Das war eine Seltenheit in New York. Die meisten Cabbies, ob sie nun aus Bangladesch oder der Karibik stammten, sprachen kein Englisch und hatten große Schwierigkeiten, wenn es aus dem Bereich der durchnumerierten Straßen heraus ging.

Galante lehnte sich zurück. Er fühlte sich gut. Seine Kleidung war locker, leger. Ein leichter, hellblauer Anzug, maßgeschneidert, logisch. Ein edles, schwarzes Shirt und natürlich keine Krawatte. Außerdem die maßangefertigten Schuhe aus Mailand. In denen konnte er meilenweit laufen; er besaß nichts Bequemeres. Manch New Yorker verdiente im Monat gerade mal soviel, wie die Dinger gekostet hatten.

Er war topfit, und er unternahm diesen Alleingang, um seine Leute zu beeindrucken. Als künftiger Mann an der Spitze mußte er zeigen, wer er war, was er immer noch konnte und wieviel Respekt man deshalb vor ihm haben mußte.

Allen Respekt dieser Welt.

Seine Untergebenen sollten ihn fürchten und verehren. Lieben mußten sie ihn nicht unbedingt, darauf legte er keinen Wert.

Er war jung, vergleichsweise. Achtunddreißig Jahre waren kein Alter für einen Mann an der Spitze der Gambetta-Familie. Äußerlich wirkte er wie ein ›Wall Street‹-Yuppie nach Feierabend, auf dem Weg ins

Szenelokal, wo der Preis eines texanischen Steaks etwa dem Wochenlohn eines Brooklyn-Dockers entsprach. Was ihn von einem ›Wall Street‹-Yuppie unterschied, war äußerlich nicht sichtbar. Er hatte sich an diesem Abend für einen Ladysmith entschieden, so verrückt das auch sein mochte. Aber der fünfschüssige Revolver von Smith & Wesson, Kaliber .38 Spezial, hatte einen bedeutenden Vorteil. Er trug kaum auf. Im Inside-Holster, unter dem Hosenbund, war er praktisch unsichtbar. Doch die Kanone erfüllte ihren Zweck, das war die Hauptsache.

Walter Galante wußte überdies, daß er mit so einer Aktion ein Stück Familiengeschichte schrieb. *Als Walter damals loszog, um aufzuräumen, benutzte er einen Ladysmith. Stellt euch das bloß mal vor!* Tja, so würden sie über ihn erzählen, wenn sie abends beim Chianti zusammensaßen.

Die Bodyguards folgten ihm in einem schwarzen Chrysler New Yorker. Sie hielten genügend Abstand. Die Anweisung für sie lautete, nur dann einzugreifen, wenn wirklich Not am Mann war.

Galante stieg an der West Street aus und ließ das Taxi abfahren. Vor ihm lag Battery Park City, das Viertel mit dem World Financial Center und den exquisiten Wohnanlagen. Hier eine Wohnung oder ein Penthouse zu besitzen, war schon ein reizvoller Gedanke. Der Prestigewert lag höher als der eines Bungalows in Queens oder einer Villa auf Staten Island.

Tief atmete Galante die frische Luft ein. Ja, die Luft roch hier anders als in Manhattan-Midtown, wo sich die stickige Wärme in den Betonschluchten einnistete. Hier spürte man die Nähe des Hudson River, der Upper Bay und des Atlantiks. Eine sanfte Brise trug den Geruch von Salzwasser und Tang herüber.

Galante schlenderte los, in die West Thames Street hinein. Beiderseits der Straße erhoben sich die Hochhäuser mit den vielen hell erleuchteten Wohnungsfenstern. Wer es sich leisten konnte, hier zu leben, der hatte die wichtigsten Sprossen der Karriereleiter bereits erklommen.

Galante begegnete keinen anderen Fußgängern. Wer mit dem Auto nach Battery Park City zurückkehrte, fuhr in die Tiefgarage seines Hauses und dann direkt mit dem Fahrstuhl zur Wohnung. Auch die Privatpolizei ließ sich nicht blicken. Dennoch waren die Doppelstreifen allgegenwärtig. Jetzt saßen sie wahrscheinlich vor ihren Monitoren in den Kontrollräumen und lauerten auf zwielichtige Gestalten. Doch die hatten sich von Anfang an nicht hergetraut. Battery Park City gehörte zu den sichersten Wohnvierteln New Yorks.

Und er, Walter Galante, sah beileibe nicht aus wie eine zwielichtige Gestalt. Er war der typische nächtliche Spaziergänger, der hier keinerlei Gefahr ausgesetzt war. Einer, der hier wohnte und Bewegung und Sauerstoff brauchte. Oder einer, der die Adresse von Freunden suchte.

Galante hatte den Umweg bewußt gewählt. So gab er den Privatpolizisten Zeit, ihn zu beobachten, sich an ihn zu gewöhnen und ihn zu vergessen. Wenn er sein Ziel erreichte, den North Cove Yacht Harbor, würden sie sich schon nicht mehr um ihn kümmern. Hätte er den direkten Weg von der West Street zum Jachthafen gewählt, hätte er die Privat-Cops garantiert sofort am Hals gehabt.

Er spazierte die South End Avenue hinauf. An der Liberty Street, nahe der Einmündung, parkte der schwarze Chrysler New Yorker. Galante war beruhigt. Nach getaner Arbeit brauchte er nur noch einzusteigen.

Der North Cove Yacht Harbor war der neueste und prachtvollste seiner Art. Das Hafenbecken mit den vertäut liegenden Luxusschiffen grenzte an den Platz, um den sich die Glaspaläste des World Financial Center gruppierten.

Niemand in dieser hochfeinen Gegend rechnete mit dem Tod.

Am allerwenigsten der, den es anging.

Der Neoprene-Anzug glich einer zweiten Haut. Ich fühlte mich wie ein Königspinguin, den das Schicksal auf das Achterdeck eines Kajütkreuzers namens ›Algonquin‹ verschlagen hatte.

Das Boot gehörte einem Charter Service am East River, mit dem der FBI-Distrikt öfter zusammenarbeitete. Auch die Taucherausrüstung stammte von der Verleihfirma.

Phil stand auf der offenen kleinen Kommandobrücke über der Kajüte. Mit seinem weißen Sommeranzug und dem mittels Wet Gel dauerhaft zerzausten Haar sah er aus wie der Mambo-King aus der Roseland Dance Hall. Er war der Typ, dem man auf hundert Meter gegen den Wind zutraute, zwei bis drei heiße Bräute in der Kajüte spazieren zu fahren.

Die Wirklichkeit war wie üblich ernüchternder. Wir hatten beide eine Hörmuschel im Ohr und trugen denselben Funkgerätetyp am Gürtel. Bei mir paßte er sogar unter den Neoprene-Anzug. Für die Kommunikation diente ein bohnengroßes Mikro, das in meinem Fall aus dem Anzug heraus durch die Halskrause bis in die Tauchermaske geführt wurde.

Phil und ich hatten direkte Verbindung mit Steve und Zeery, die Galantes Peilsender verfolgten. Dazu benutzten sie einen neutralen Dienstwagen, der äußerlich nicht von einem Privatwagen zu unterscheiden war. Als Verstärkung folgten Joe und Les den beiden Kollegen, ebenfalls in einem neutralen Fahrzeug.

Nachdem Galante an der West Street aus dem Taxi gestiegen war und durch Battery Park City stiefelte, war uns klargeworden, was er vorhatte.

Deshalb hatte ich mich für den Taucheranzug entschieden. Phils Job würde es sein, mit dem Kajütkreuzer die Aufmerksamkeit auf sich zu lenken – falls es im North Cove Yacht Harbor überhaupt jemanden gab, der bereit war, seine Aufmerksamkeit in irgendeiner Weise lenken zu lassen. Ich legte die letzten Utensilien an. Das wasserdichte Futteral mit dem Smith & Wesson, Kaliber .357 Magnum, und einem halben Dutzend Speedloader.

Dann die Schwimmflossen, das Atemgerät, die Brille. Am Heck der Jacht gab es eine Abstiegsleiter. Sie würde mir helfen, leise und unauffällig ins Wasser zu gleiten.

Unser Kurs hätte das Prädikat ›Romantic Waterway‹ verdient. Oder etwas Ähnliches in der Richtung. Seit wir am East River abgefahren waren, hatten wir die abendliche Kulisse der Wolkenkratzer an Steuerbord. Ein Lichtermeer, das in den Himmel ragte.

Die Ferry Terminals von Manhattan South, der Battery Park mit Castle Clinton und der historischen Feuerwache lagen hinter uns. Jetzt hatten wir Battery Park City an Steuerbord, und die Wohntürme mit ihren vielen Lichtern wirkten wie eine vorgelagerte kleinere Ausgabe der Wolkenkratzer des Finanzdistrikts.

»Er erreicht den Jachthafen«, sagte mir Zeery ins Ohr. »Joe und Les gehen in den Winter Garden für direkten Blickkontakt. Wir haben soeben die Liberty Street passiert. Da steht der Chrysler New Yorker mit Galantes Bodyguards. Keiner ist ausgestiegen.«

»Verstanden«, sagte Phil. »Wir sind in Höhe der Albany Street. North Cove ist bereits zu sehen.«

»In die Albany biegen wir ein«, entgegnete Zeery.

»Wir fahren dann die South End Avenue hoch. Keine weiteren Meldungen. Wir übergeben an Joe.«

Phil drehte sich zu mir um, während er die Regler vorschob, um die Fahrt der Jacht zu erhöhen.

Ich gab ihm das Daumenzeichen. Von mir aus konnte es losgehen. In der Einfahrt zum Jachthafen würde Phil die Schrauben in Ruhestellung bringen und mich aussteigen lassen.

In dieser Minute würden Joe Brandenburg und Les Bedell vermutlich bereits den Winter Garden betreten, das große Glashaus mit der Ladengalerie im Zentrum des World Financial Center. Der Sicherheitsdienst, der dort im Einsatz war, würde die Kollegen hereingelassen haben.

Vom Winter Garden aus hatte man einen hervorragenden Blick auf den Jachthafen.

Joe meldete sich per Funk, kaum daß ich den Gedanken zu Ende geführt hatte.

»Wir sind da, und er ist da«, sagte Joe lapidar. »Sieht so aus, als ob wir gerade rechtzeitig gekommen sind. Er läßt sich Zeit – steckt sich eine Zigarette an – spaziert an den Anlegern entlang . . .«

Walter Galante inhalierte den Zigarettenrauch zusammen mit der frischen Brise am Wasser. Aus den erleuchteten Kajüten der Jachten ertönte Musik. Stimmen waren zu hören, heiter überwiegend, Gelächter.

Er kannte das Schiff, und er wußte, wo es lag.

Trotzdem tat er, als müßte er sein Ziel erst noch suchen. Hier, vor dem unübersichtlichen Wald der Aufbauten, konnte er nicht wissen, ob er beobachtet wurde.

Die ›Albatross‹ lag im hinteren Drittel der Anlegerfläche, zum Hudson River hin. Eine Segeljacht von der besonders protzigen Art. Hochseetüchtig. Man konnte damit bis in die Karibik gondeln und die Weiber beeindrucken.

Walter Galante hatte für diese Art der Angeberei nie etwas übrig gehabt.

Und Ratten konnte er noch viel weniger leiden.

Wer eine Ratte auslöschte, tat der Welt einen Gefallen. Er grinste bei diesem Gedanken. Ja, verdammt, er würde der Welt einen Riesengefallen tun. Jetzt gleich.

Er schnippte die halb aufgerauchte Zigarette über die Kante der Kaimauer. Ein kleiner Funkenregen schwebte dem dunklen Wasser entgegen, das zwischen den glatten Bootsrümpfen sanft gurgelte und gluckste.

Galante schob die Hände in die Hosentaschen. Er sah sich um, als wartete er noch auf jemanden. Vom Hudson River her glitt ein weißer Kajütkreuzer in die Einmündung des Jachthafens. Nicht schlecht. Ein bißchen Gesellschaft konnte nicht schaden, machte einen selbst weniger auffällig. Galante grinste. Der Typ im Kommandostand sah aus wie die meisten Spinner hier. Hollywood ließ grüßen.

Während der Kajütkreuzer langsam ins Hafenbecken glitt, nahm Walter Galante seinen endgültigen Anmarsch auf. Der Verräter würde sterben. Es gab keinen anderen Weg. Er hatte alles von vorne bis hinten durchdacht, hatte seine Männer mitdenken lassen, und sie waren alle zu demselben Ergebnis gelangt.

Es gab nur einen, der für den Mißerfolg in dem Sexschuppen verantwortlich war. Schließlich kannte man die möglichen undichten Stellen. Und nur dieser Hurensohn kam für den Verrat in Frage.

Er würde durch einen Damenrevolver sterben.

Der Mann, der als Vollstrecker kam, war ein ganzer Kerl, und er benutzte eine Frauenkanone.

Hinter den Kajütfenstern der ›Albatross‹ brannte Licht, wie es bei den meisten anderen Luxuskähnen auch der Fall war. Musikfetzen wehten zum Kai herüber. Frauenstimmen redeten und lachten hell. Gelegentlich mischte sich eine Männerstimme ein, souverän und tieftönend, ganz der Herr der Lage.

Galante schüttelte still für sich den Kopf. Ratten waren niemals Herren einer Lage, sie fühlten sich nur so. Wer sich in zwei Abhängigkeiten verstrickte, die sich zueinander verhielten wie Feuer und Wasser, der mußte früher oder später daran zugrunde gehen.

Die Segeljacht lag mit dem Heck zum Kai. Es war flach und ausladend, von einer flachen, chromfunkelnden Reling begrenzt.

Vorsichtig setzte Galante einen Fuß hinüber. Das butterweiche Leder seiner italienischen Designerschuhe half ihm, geräuschlos zu bleiben. Geschickt balancierte er die schwache Dümpelbewegung der Jacht aus, so daß sein Körpergewicht keinen Ruck oder Stoß verursachte, der in der Kajüte aufgefallen wäre.

Auf den Achterdecksplanken verharrte er sekundenlang und lauschte. Nichts hatte sich verändert. Die Stimmen in der Kajüte plätscherten dahin.

Galante zog den Ladysmith. Ein verrücktes Gefühl war das für jemanden, der sich noch gut an die Zeiten erinnerte, in denen er mit beiden Händen rüttelnde Maschinenpistolen gebändigt hatte.

Ohne auch nur das leiseste Geräusch zu verursachen, erreichte er den Eingang zur Kajüte. Das Schott bestand in der oberen Hälfte aus Glas, war aber mit einer hellen Gardine zugehängt.

Galante entschied sich gegen die Möglichkeit, die Tür einzutreten und in einem Schwall von Scherben und Holzsplittern hineinzupoltern. Der rambomäßige Auftritt hatte einen entscheidenden Haken. Hinter dem Schott ging es bestimmt fünf, sechs Stufen abwärts. Außerdem befand sich dahinter womöglich nur ein Vorraum, und die Ratte und ihre Gespielinnen hockten nebenan.

Er hatte sich nicht getäuscht. Nachdem er die Tür vorsichtig geöffnet hatte und die Stufen hinabgeschlichen war, gelangte er tatsächlich in einen kleinen Vorraum. Messinggerahmte Seefahrtsbilder an den Mahagoniwänden. Eine Garderobe mit Messinghaken. Zwei kleine Ledersessel, ein runder Tisch mit Messingreling. Vornehm geht die Welt zugrunde, dachte Galante und näherte sich der Portiere aus schwerem, dunkelrotem Stoff.

Die Stimmen von nebenan wurden immer deutlicher, nur noch durch den Stoff gefiltert.

»... stehen euch alle Türen offen«, sagte die Ratte gerade. »Die meisten Hollywoodstars haben so angefangen, das hört man doch dauernd. Und wo ist der Unterschied? Ob ihr nun vor der Kamera die Beine breit macht oder auf der Couch des Regisseurs!«

»Geld bringt's in beiden Fällen«, kicherte die eine.

»Ist nur ungewohnt«, fügte eine andere fachmännisch hinzu.

»Ja!« rief eine dritte. »Dieses Gefühl, dabei beobachtet zu werden ...«

»Es gibt Leute ...«, ließ sich die Ratte wieder vernehmen, »die kommen dadurch erst richtig in Fahrt.«

Walter Galante schlug die Portiere auseinander und trat ein, den Revolver im Anschlag.

»Glaubt dem Bastard kein Wort, Ladys«, sagte er kalt. »Der verspricht euch, daß ihr in Pornofilmen vögeln dürft, aber was er wirklich vorhat, ist was ganz anderes. Ihr landet als Nutten an der Eight Avenue.«

Howard Radusky starrte ihn an, Augen und Mund weit aufgerissen. Die Whiskeyflasche und das Longdrinkglas in seinen Händen wirkten auf einmal wie festgefroren.

Er stand hinter der Theke.

Die Girls auf den Barhockern umrahmten ihn. Langbeinig und vollbusig steckten sie in engen Glitzerkleidern, die wie Halbkörperkondome aussahen. Sie wagten nicht, sich zu rühren, denn sie hatten Erfahrung. Da sie die Nähe harter Männer suchten, waren sie oft genug in brenzlige Situationen geraten.

Radusky hatte vom Typ her tatsächlich gewisse Ähnlichkeit mit Sly Stallone. Radusky kannte seine Wirkung auf Frauen. Auch Marilena Guzzo mußte von ihm beeindruckt gewesen sein.

»Walter!« hauchte er, wagte aber nicht, die Flasche und das Glas wegzustellen. »Ja, bist du denn total ...?«

»Ladys«, schnitt Galante ihm das Wort ab, indem er sich an die Girls wandte. »Ihr verzieht euch am besten nach nebenan, und dann seht und hört ihr nichts. Das wäre das gesündeste für euch. Okay?«

Sie ließen es sich nicht zweimal sagen. Hastig kletterten sie von den Hockern. Sie waren kreidebleich, und die Angst flackerte in ihren Augen. Galante trat einen Schritt zur Seite, damit sie vorbeitrippeln konnten. Dabei ließ er Radusky keinen Moment aus den Augen.

Er hob den Ladysmith und zielte auf den Verräter.

Die Girls drängten sich durch die Portiere, und sie schrien, als Walter Galante den Zeigefinger krümmte.

Galante ruckte herum.

Fast schaffe er es, den Ladysmith in die Richtung zu schwenken, aus der die Gefahr drohte. Ein donnernder Schlag hieb ihm den Revolver aus der Hand.

Er schrie vor Schmerz und vor Schreck. Der Ladysmith flog durch die Luft, polterte zu Boden. Radusky war abgetaucht, hinter der Theke verschwunden. Galante blickte an seinen Armen hinab. Seine Handgelenke kamen ihm vor, wie von einem Vorschlaghammer zerschmettert.

Der Mann im Taucheranzug hatte die Portiere zur Seite geschlagen. Den schweren Magnum-Revolver hielt er im Beidhandanschlag.

Als Galante den Kopf hob, blickte er in das gähnende Schwarz der Laufmündung. Die Trommelkammer links vom Lauf war leer. In den drei anderen, die zu sehen waren, schimmerte das matte Grau von Blei. Die Magnum-Patronen waren mit Teilmantelblei bestückt. Und die vom FBI wußten, welche Stellen des Körpers sie damit treffen mußten, um einen Mann blitzartig zu lähmen.

Aus der Traum, dachte der Mann, der sich an der Spitze gewähnt hatte. Er hatte es oft gelesen, hatte aber nie geglaubt, daß es so kommen konnte: von ganz oben nach ganz unten zu stürzen.

An Land heulte ein Automotor auf. Reifen kreischten unter Vollbremsung. Schüsse krachten und hämmerten. Es dauerte nur einen Moment. Dann kehrte Ruhe ein. Die energischen Stimmen meiner Kollegen erschollen, dann war auch das vorbei.

Ich hielt den Magnum in der Visierlinie.

»Da sind ja die beiden richtigen beieinander!« heulte Galante. »Der FBI-Bulle und die Ratte Radusky!«

»Wer ist Radusky?« fragte ich ruhig, um meine Ahnungslosigkeit echt wirken zu lassen. Unserem V-Mann signalisierte ich damit zugleich, daß es trotz allem besser war, wenn wir uns nicht kannten.

»Das fasse ich nicht!« schrie Galante. »Dieser Scheiß-Bulle behauptet, die Ratte nicht zu kennen!«

»Okay, das reicht«, sagte ich schneidend. »Umdrehen und Hände an die Wand. Du kennst das ja, Walter. Und diesmal holt dich keine Kaution raus, darauf kannst du Gift nehmen.«

»Abwarten!« fauchte er, gehorchte aber.

»FBI-Agenten sind für den Haftrichter die glaubwürdigsten Zeugen«, entgegnete ich gelassen. »Ich gebe dir Brief und Siegel darauf, daß du noch heute nacht hinter Gitter wanderst und nicht wieder rauskommst. Wahrscheinlich *nie* wieder.«

»Das werden wir sehen!« keuchte er tonlos und voller Wut.

Er wußte, daß er fertig war. Nur wollte er es um nichts in der Welt zugeben.

Howard Radusky und die Girls verzogen sich in die Pantry, während die Kollegen und ich klar Schiff machten.

Draußen stand der Chrysler New Yorker mit offenen Türen. Die Motorhaube wies eine Serie von Einschußlöchern auf, die Windschutzscheibe war zerstört.

Phil war an Land gekommen. Mit dem MPi-Schulterriemen über dem weißen Mambo-Anzug sah er aus, als hätte er nur mal eben die Dreharbeiten zur neuesten Mafia-Filmproduktion unterbrochen. Steve, Zeery, Joe und Les wirkten wesentlich seriöser in ihren gutbürgerlichen Straßenanzügen.

Die vier Bodyguards hatten sich gehorsam in Reih und Glied aufgebaut. Mit Handschellen ausgestattet warteten sie auf ihren Abtransport. Wir stellten Walter Galante zu ihnen. Er wußte, daß es eine Fahrt ohne Wiederkehr werden würde.

Der Einfachheit halber ließen wir den ganzen Verein nach Rikers Island transportieren. Dort, im Hochsicherheitstrakt auf der New Yorker Gefängnisinsel, waren sie für die Zeit bis zum Prozeß bestens untergebracht.

9

Mit einem herzhaften Gähnen trat ich aus dem Fahrstuhl. Ich freute mich, die Nacht in meinem Bett verbringen zu dürfen, statt in einem Neoprene-Anzug. Erneut gähnend kramte ich mein Schlüsselbund aus der Hosentasche.

Meine Gedanken waren von Freude erfüllt. Alles erledigt. Der Gambetta-Mob existierte praktisch nicht mehr. Phil und ich hatten unseren Beitrag geleistet, und wir konnten zufrieden sein. Mr. High hatte uns für diesen schon angebrochenen Mittwoch dienstfrei gegeben.

Ausschlafen, nur noch ausschlafen ...

Ich hatte zwei Schritte in Richtung Wohnungstür gemacht, da traf mich der Hammer.

Schlagartig war ich hellwach.

Wie ein Findelkind kauerte sie vor meiner Tür.

Marilena!

Allein und verloren, hoffnungslos und verlassen. Mit großen, hilfesuchenden Augen blickte sie zu mir auf.

»Schick mich bloß nicht weg, G-man«, sagte sie und hörte sich dabei an wie ein kleines Mädchen, das sich im Wald verlaufen hat.

Ich gab ihr die Hand und half ihr auf die Beine. »Dich hätte ich fast vergessen«, sagte ich und unterdrückte ein Gähnen.

»Na, dann war's wohl so was wie Gedankenübertragung«, sagte sie und strich ihre Jeans und den Pullover glatt. »Irgendeine Stimme muß mir eingegeben haben, mich bei dir zu verkriechen. Das ist also kein Zufall.«

Ich schloß die Wohnungstür auf und forderte Marilena mit einer Handbewegung auf, einzutreten. »Gibt es außer dem Übersinnlichen auch noch einen anderen Grund, weshalb du hier bist?« fragte ich, nachdem ich ihr im Wohnzimmer einen Sessel zugewiesen hatte. Ich ging in die Küche, um die Kaffeemaschine anzuwerfen.

»Ja«, folgte mir Marilenas Stimme. »Lenny ist nicht tot.«

Der zweite Hammer innerhalb von Minuten.

Ich vergaß die Kaffeemaschine und machte kehrt, um Marilena ins Gesicht zu sehen.

»Ich phantasiere nicht«, sagte sie, als ich es tat. »Er hat mich angerufen. Ich wußte nicht, was ich machen sollte. Deshalb bin ich hier.«

Mir fiel es wie Schuppen von den Augen. Ich ließ mich auf die nächsterreichbare Sessellehne sacken. Die Ahnung, die ich die ganze Zeit gehabt hatte, nahm feste Formen an, während ich Marilena ansah. »Die verkohlte Leiche aus dem Mercedes ...«

»... ist Joe Parisi«, sagte sie. »Lenny hatte die Sache gut geplant, und mich wollte er bei der Gelegenheit gleich mit erledigen. Seine Leute haben nicht wirklich auf ihn gefeuert. Lenny hat den Wagen selbst gegen die Leitplanke gesetzt, und dann sind seine Leute gekommen und haben Parisis Leiche hinter das Lenkrad geschoben.«

»Mit Lennys Ringen«, ergänzte ich.

»Na klar. Daß ich aus dem Wagen geschleudert wurde, war nicht vorgesehen.«

»Und die Waffe?«

»Die Glock?« Marilena lachte. Sie griff unter den Pullover und legte den österreichischen Kunststoffkracher auf den Tisch.

»Ich bin beeindruckt«, sagte ich.

»Das darfst du auch sein. Erinnerst du dich, daß ich ziemlich geschickt bin, wenn es darum geht, einem Kerl die Kanone rauszuziehen?«

Ich mußte grinsen. »Okay, du brauchst es mir nicht noch mal zu beweisen.«

»Schade.« Sie seufzte und spielte Enttäuschung.

Ich hob warnend den Zeigefinger. »Bei der Lage, in der du steckst, riskierst du eine ganz schöne Lippe.«

»Ich werde mich bessern«, versprach sie.

»Das glaube ich dir nicht«, entgegnete ich. »Also, Lenny hat dich aufgestöbert. Das bedeutet, er hat dich beobachtet oder beobachten lassen.«

»Leider kann ich da nicht widersprechen.«

»Dann weiß er auch, daß du hier bist.«

»Nein!« Sie sagte es energisch, trumpfte regelrecht auf.

Ich runzelte die Stirn. »Wieso bist du so sicher?«

»Hör mal, G-man ...« Sie setzte sich auf, straffte ihre Haltung. »Ich bin heute mittag aus dem ›Metropolitan‹ abgehauen. Dann bin ich stundenlang durch Manhattan, Brooklyn und Queens gekurvt, mit der U-Bahn, mit dem Bus und per Taxi. Ich hab's gemacht wie in den alten Agentenfilmen, verstehst du? Ich war im Kino, im Museum und im Theater, ich bin mit Fahrstühlen in wildfremden Gebäuden rauf, und runtergefahren ...«

»Hört sich gut an«, beendete ich ihren langatmigen Bericht. »Hast du Verfolger bemerkt?«

»Ja, zwei Kerle. Lennys Fußvolk. Das gibt es noch immer. Ich habe sie abgehängt. Das war aber schon am frühen Nachmittag. Mein lieber Noch-Ehemann schäumt wahrscheinlich vor Wut.«

»Das hört sich an, als ob du dich scheiden lassen willst.«

»Mach dir keine Hoffnungen, G-man. Ich bin schon vergeben.«

»So ein Mist!« Ich hieb ein Luftloch mit der Faust. Zwinkerte ihr zu. »Da dachte ich, es hätte was zu bedeuten, daß du vor meiner Wohnung sitzt ...«

»Hat es ja auch«, bestätigte sie. »Rein beruflich. Mit deinem Job mußt du dich nun mal abfinden.«

»Was bleibt mir übrig?« Ich spielte den Gequälten. Dann wurde ich ernst. »Wie auch immer, wir werden auf Nummer Sicher gehen.«

»Was heißt das?«

»Wir werden uns nicht länger als nötig in diesen vier Wänden aufhalten.«

Ich warf nun doch die Kaffeemaschine an. Dann rief ich Phil an. Nachdem er sein Klagelied beendet hatte, wie entsetzlich es war, aus dem gerade begonnenen Schlaf gerissen zu werden, erzählte ich ihm, was Sache war.

Augenblicklich war er genauso hellwach wie ich. Er versprach, ein paar trickreiche Vorbereitungen zu treffen.

Lenny Guzzo würde uns in die Falle gehen, wenn wir die Aktion mit allen Konsequenzen durchzogen. Es gab eine Menge Unsicherheitsfaktoren, aber wir mußten das Risiko eingehen. Wir hatten keine andere Wahl.

Wenn wir nichts unternahmen, wuchsen seine Chancen, Marilena zu erwischen.

Und den Mann, auf den sie wartete.

Wir fuhren zweigleisig.

Bei Tagesanbruch waren Marilena und ich bereits hundert Meilen von Manhattan entfernt. In einem Wohnmobil, das es in sich hatte.

Phil hielt die Stellung in New York. Die Kollegen, die uns auch bisher zur Seite gestanden hatten, unterstützten ihn.

Unsere Handys hatten wir ständig griffbereit. Neuigkeiten würden allerdings in erster Linie von Phil kommen. Verfolgt wurden Marilena und ich nicht; das konnte ich nach der Fahrt auf dem frühmorgendlichen Highway mit absoluter Sicherheit sagen.

Noch befanden wir uns auf dem Interstate achtundsiebzig, den wir über Jersey City und Newark erreicht hatten. Doch jeden Moment mußte die Abfahrt auftauchen, für die ich mich entschieden hatte.

Round Valley. Ein Erholungsgebiet, das sich um einen großen See erstreckte, mitten in einem waldreichen Hügelland. Es gab mehrere Campingplätze, und einen davon würden wir uns aussuchen.

In Newark hatten wir eine Zeitung gekauft, die Morgenausgabe der ›New York Daily News‹ mit dem kompletten Anzeigenteil. Es gab eine abgespeckte Ausgabe, ohne die vielen Anzeigen, für Leute, die nur der Textteil interessierte. Zu jenen Leuten gehörte Marilena eben nicht.

Seit Newark blätterte sie in dem dicken Paket, das sie auf den Knien hielt. Ihre Finger waren inzwischen pechschwarz von der Druckerschwärze, und in ihrem Gesicht zeichneten sich dunkle Striemen ab, weil sie sich vor Nervosität immer wieder mit den Fingern über Stirn oder Wangen fahren mußte.

Die Ausfahrt kam in Sicht. Ich betätigte den Blinker und zog die schwere Kiste auf die Abbiegespur. Das Wohnmobil war bärenstark, auf der Basis eines Dodge Van gebaut. Und es hatte eine Reihe von Ausrüstungsraffinessen, die es in einem normalen Camper nicht gab. ›Camper‹ werden bei uns die Wohnmobile genannt.

Ich lenkte unsere rollende High-Tech-Bude in die grüne Hügellandschaft hinein. Urlaubsstimmung konnte trotz der landschaftlichen Reize gar nicht erst aufkommen.

Statt eines Wohnzimmers auf Rädern war im Heck des Campers eine vollelektronische Kommandozentrale untergebracht. Von der Außenbeobachtung mittels Videokameras und Monitoren über online-fähige Computer mit Modems und Funktelefonen bis zu Empfängern, Aufzeichnungsgeräten und Sendern war alles vorhanden, was den FBI-Technikern eingefallen war. Natürlich war die Superkiste nicht speziell für meinen, sondern für alle nur erdenklichen Einsätze gebaut worden. Durchaus möglich, daß ich nur einen kleinen Teil der technischen Einrichtung brauchte.

Von draußen war die High-Tech-Bude nicht zu sehen. Hinter den Fenstervorhängen befanden sich Kunststoffblenden, und hinter Fahrer- und Beifahrersitz gab es ebenfalls eine Trennwand. Die eingebaute Tür war von draußen ebenfalls nicht zu erkennen.

Bei jeder Seite, die sie raschelnd umblätterte, gab Marilena einen tiefen Seufzer der Enttäuschung von sich. Sie suchte eine bestimmte Anzeige, ein Erkennungszeichen, das sie damals mit Frank Lorence vereinbart hatte.

Natürlich hatte Frank damit gegen die Bedingungen des Zeugenschutzprogramms verstoßen. Aber was nützte mir diese Erkenntnis heute?

Für mich zählten nur die ganz harten Fakten.

Punkt eins: Lenny Guzzo würde versuchen, seine immer noch Angetraute zu erwischen – ob Frank Lorence nun auftauchte oder nicht.

Punkt zwei: Wichtigstes Ziel des FBI-Distrikts New York war es, Lenny Guzzo zu erwischen. Für uns spielte es allerdings eine entscheidende Rolle, ob Frank Lorence auftauchte oder nicht.

Marilena hatte etwa drei Viertel des schwärzenden Pakets durchgearbeitet, als ich von der State Route auf eine Provincial Route abbog. Kurvenreich führte die schmale Fahrbahn durch eine idyllische Waldlandschaft.

Ich ließ die Fensterscheibe herunterschnurren und pumpte den würzigen Fichtennadelduft tief in meine

Lungen. Die besten Gegenden lernte ich immer berufsbedingt kennen, nie im Urlaub.

Ich rechnete in jeder Sekunde mit einem Aufschrei von rechts. Deshalb hielt ich das Lenkrad locker, um nicht vor Schreck Kurs auf den Waldrand zu nehmen.

Ein Hinweisschild nach links zeigte an, daß dort ein Weg zum Campingplatz ›Adventure Land‹ führte. Das ›Abenteuerland‹ lag direkt am See, wie ebenfalls auf dem Schild vermerkt war. Besser konnten wir es nicht erwischen. Also bog ich ab, runter von der festen Straße.

Unter hohen Fichten schaukelten wir dahin – jenem Abenteuer entgegen, von dem nur eines sicher war: daß es alles andere als ein Vergnügen werden würde.

Die Einfahrt zum Campingplatz wurde von einem hohen Torbogen aus Holzplanken überspannt, auf denen ›Adventure Land‹ in großen, schwarz eingebrannten Buchstaben zu lesen war.

Es war soweit, als wir den Torbogen eben hinter uns gebracht hatten.

Marilena stieß einen spitzen Schrei aus.

Unwillkürlich trat ich auf die Bremse. Die Lenkung hatte ich aber immerhin unter Kontrolle. Mir klingelten die Ohren, als Marilena endlich mit dem Schreien aufhörte.

»Jerry!« rief sie atemlos. »Jerry, sieh doch!«

Ich sah ihre schwarzen Hände, die mir eine Zeitungsseite mit einer schwarzen Wüste von Kleinanzeigen entgegenreckten. Der Rest des Zeitungspakets rauschte auf den Bodenteppich.

»Gefunden?« fragte ich, weil mir nichts Interessanteres einfiel.

»Aber ja!« In ihrer Freude zerriß sie die Seite fast. »Ich hab's doch gewußt! Ich hab's doch gewußt! Da steht es! ›Good Morning, Baby Bear‹! Unser vereinbartes Zeichen.«

»Baby Bear?« wiederholte ich schmunzelnd. »Das bist du?«

»Ja«, sagte sie und senkte verlegen den Kopf. »So hat er mich immer genannt.«

Ich griff zum Handy. Ein Tastendruck genügte. Phils Nummer war gespeichert.

Ein Frühstück im Herzen Manhattans hatte etwas Unvergleichliches. Etwas von der Aufbruchstimmung und von der brodelnden Energie, die die Stadt zu erfüllen begann. Die Menschen tankten auf für den Arbeitstag, der vor ihnen lag. Wie immer würden sie ihr Bestes geben, jeder an seinem Platz.

Lenny Guzzo erinnerte sich kaum noch, wann er das letzte Mal in Manhattan gefrühstückt hatte. Es war ein besonderes Vergnügen, auch wenn er es an diesem Mittwochmorgen beileibe nicht aus Vergnügen tat.

›Howard Johnson's‹ an der Ecke West 46th Street und Broadway war so was wie ein Traditionsladen. Schon seit Jahrzehnten schaufelten New Yorker und Touristen hier gemeinsam ihre Spiegeleier mit Bacon und Toast in sich hinein. Ein appetitanregender Duft schwebte in dem großen Raum, die Komposition eines New Yorker Morgens aus frisch geröstetem Toast, knusprig gebratenem Schinkenspeck und Spiegeleiern. Ebenso gehörten Buchweizenpfannkuchen mit Ahornsirup dazu. Und natürlich frisch aufgebrühter Kaffee als Untermalung des Ganzen.

Niemand hatte Lenny erkannt, obwohl er seit seinen Fernsehauftritten und durch die vielen Zeitungsberichte in New York bekannt war wie ein bunter Hund. Er hatte kurzerhand seine Haare gefärbt. Das Mittelblond, das er jetzt trug, veränderte ihn völlig. Dazu hatte er sich einen Schnauzbart in passender

Farbe auf die Oberlippe geklebt. In dem Restaurant gab es einen Maître, der den Gästen die Plätze zuwies und ein waches Auge auf die Serviererinnen hatte. Der Maître war ein freundlicher Schwarzer, und in seiner Jackentasche steckte eine Zwanzig-Dollar-Note, die von Lenny stammte.

Lenny hatte sich dafür einen Fensterplatz in der Nähe des Eingangs ausgesucht. Von hier konnte er den ganzen Laden überblicken und außerdem sehen, wer von draußen reinkam. Er hatte den Tisch für sich allein, und dabei würde es auch bleiben, bis die Person kam, auf die er wartete.

Die betreffende Lady wußte noch nichts von ihrem Glück.

Der Maître würde sie direkt an Lennys Tisch führen. Unterdessen achtete der Schwarze darauf, daß niemand sonst versuchte, dort Platz zu nehmen.

Lenny brauchte sich mit seinem Frühstück auch nicht zu beeilen. Er konnte den Tisch so lange mit Beschlag belegen, wie er wollte. Er hatte dem Maître gegenüber angedeutet, daß er noch was drauflegen würde, wenn seine Verabredung gut lief.

Lenny war stolz auf sich. Voller Genuß machte er sich über die Portion Ham and Eggs her, die er bestellt hatte. Er nippte an dem heißen Kaffee und stellte fest, daß er sich rundum wohl fühlte.

Er existierte nicht mehr und lief doch völlig frei herum. Zwar konnte er die Vorzüge seiner Berühmtheit nicht mehr genießen, aber daran würde er sich gewöhnen, ganz sicher. Er merkte ja jetzt schon, wie gut es lief.

Die FBI-Bullen waren auf seine Täuschungsmanöver voll reingefallen. Sie hatten tatsächlich geglaubt, daß Joe Parisi in dem Hausboot saß und seine heimkehrenden Gefolgsleute empfing, als der Kahn und die beiden Schlitten in die Luft gejagt worden waren. Ein paar Kleinigkeiten waren schiefgegangen, okay. Und Walter Galante bezahlte die Rechnung dafür, daß er geglaubt hatte, den Laden an sich reißen zu können.

Es war viel Blut geflossen, doch unter dem Strich betrachtete Lenny seine Angelegenheiten als bereinigt. Es war jetzt an der Zeit, den Schlußpunkt zu setzen. Und das Faszinierende war: Die Lösungsmöglichkeiten boten sich ihm von selbst an, wie automatisch. Er brauchte nicht mal mehr besonders viel dafür zu tun.

Die Frau hatte rostrotes Haar.

Das mußte wohl an ihrer irischen Abstammung liegen. Lenny sah sie, als er aus dem Fenster blickte. Sie kam vom Times Square herüber und steuerte eilig auf den Eingang von Howard Johnson's zu. Eine überaus attraktive Frau, diese Mary J. O'Regan. Sie war nicht verheiratet und hatte die Vierzig noch nicht erreicht. Allerdings hatte sie ein Kind.

Lenny hatte alles über sie in Erfahrung bringen lassen. Das war schon vor über einem Jahr gewesen, als er den Zugangscode für Marilenas Computertagebuch geknackt hatte. Seitdem wußte er, wie Frank Lorence, die Ratte, mit Marilena Verbindung aufnehmen würde, wenn er glaubte, daß die Luft in New York rein war.

Frank the rat war der einzige, der ihm, Lenny Guzzo, noch gefährlich werden konnte.

Gemeinsam mit Marilena würde die Ratte sich stark fühlen. Und gemeinsam konnten die beiden einiges auf die Beine stellen, zumal Walter Galante ihnen nicht mehr im Weg stand. Und sie würden es sogar fertigbringen, einen Toten daran zu hindern, sich nach Südamerika abzusetzen.

Lenny war sich durchaus darüber im klaren, in welche Klemme er geraten konnte. Deshalb hatte er beschlossen, die Flucht nach vorn anzutreten. Sofort. Mary J. O'Regan betrat das Lokal mit der Forschheit, die ihrer beruflichen Position angemessen war. Sie trug ein marineblaues Kostüm, eine weiße Bluse und hochhackige Schuhe.

Der Maître führte sie an Lennys Tisch. Sie grüßte mit einem flüchtigen, majestätischen Nicken und setzte sich ihm gegenüber. Lenny wechselte einen unauffälligen Verschwörerblick mit dem Schwarzen, der von ihm wohl glaubte, er wolle sich an die Frau heranmachen.

Sie nahm die Speisekarte und studierte sie, als ob sie zum erstenmal in dem Restaurant war.

»Die Spiegeleier sind sehr zu empfehlen«, sagte Lenny freundlich. »Der Schinkenspeck ist heute besonders zart.«

Sie blickte ihn über den Rand der Speisekarte hinweg an. Ihre Augen waren graugrün und strahlten Härte aus.

»Ach!« sagte sie. Ihre Stimme klirrte wie Eis.

»Ja, es ist so, wie ich sage.« Lenny nickte und lächelte. »Geben Sie Ihre Bestellung auf, dann erhalten Sie noch ein paar Empfehlungen von mir.«

»Ich wüßte nicht . . .«, setzte sie an.

»Befolgen Sie meinen Rat«, schnitt Lenny ihr das Wort ab. »Es wäre nicht ratsam für Sie, mir die Laune zu verderben.«

Sie runzelte die Stirn, musterte ihn noch einmal und knallte die Speisekarte auf den Tisch. Sie stand auf und wollte dem Maître winken.

»Setzen Sie sich wieder«, sagte Lenny halblaut, so daß es an den Nachbartischen nicht zu hören war. »Seien Sie vernünftig, Miss O'Regan. Ihrem Sohn geht es doch gut, nicht wahr?«

Sie erbleichte. Auf einmal wußte sie, wie sie diesen grinsenden Kerl an ihrem Tisch einzuordnen hatte. Sie ließ sich auf ihren Platz sinken und flüsterte: »Wer sind Sie?«

»Meinen Namen werde ich Ihnen nicht verraten.« Lenny faltete die Hände auf der Tischplatte. »Lassen Sie mich ein paar Dinge erklären, damit wir beide wissen, woran wir miteinander sind. Einverstanden?«

Sie konnte ihn nur anstarren.

Die Serviererin trat an den Tisch. »Madam?« sagte sie höflich.

Mary J. O'Regan beachtete sie nicht, schien sie nicht gehört zu haben.

»Bestellen Sie«, sagte Lenny. »Denken sie an meine Empfehlungen.«

Die rothaarige Frau gehorchte. Sie orderte Ham and Eggs auf Toast und Kaffee auf amerikanische Art.

Lenny sprach weiter, als die Serviererin gegangen war. »Ich falle mal mit der Tür ins Haus, Miss O'Regan. Ich erwarte von Ihnen nichts weiter, als daß Sie mir einen kleinen Gefallen tun. Ist das zuviel verlangt?«

»Nein«, antwortete sie tonlos. »Ich fürchte, das ist es nicht.«

»Ich sehe, wir verstehen uns.« Lenny grinste breiter. »Ihr Junge ist gerade mit der High School fertig geworden, habe ich recht? Sean – was für ein wohlklingender irischer Name! Neunzehn ist er jetzt, habe ich recht?«

»Ja.« Die Stimme der Frau klang heiser.

»Schön, daß Sie ihm ein Jahr Nichtstun finanzieren. Wohnen wird er ja bei Ihren Eltern in Camden, New Jersey. Dort wird er dann auch studieren. Sehr praktisch, muß ich sagen. Das senkt die Kosten.«

Mary J. O'Regan verlor die Geduld. »Was wollen Sie?« zischte sie.

»Oh!« Lenny hob die Augenbrauen. »Sie sind sprechbereit, ohne daß ich das Wesentliche erklären muß? Ich sag's Ihnen trotzdem: Sie möchten doch sicher nicht, daß Sean einen Unfall hat. Ich meine, so etwas muß ja nicht gleich tödlich enden, aber vor allem im Straßenverkehr sind die Gefahren groß.«

Die Frau war noch bleicher geworden. »Ich bitte Sie ...«, flüsterte sie.

»Das klingt wie Musik in meinen Ohren.« Lenny lachte lautlos. »Sie arbeiten bei den New York Daily News, richtig?«

»Ja.«

»Sie sind Sachgebietsleiterin in der Anzeigenabteilung.«

»Ja.«

»Sie sind zuständig für die Kleinanzeigen.«

»Ja.«

»Na, fein.« Lenny griff in die Jackentasche und schob ihr einen Zettel hin. »Dieser Anzeigentext steht heute bei Ihnen im Blatt, in der Komplettausgabe, Seite siebenundsechzig. Ich möchte wissen, wer die Anzeige aufgegeben hat – seinen Namen und seine Adresse. Das heißt, Name und Telefonnummer würden schon genügen.«

Mary J. O'Regan las den Text auf dem Zettel und konnte sich beim besten Willen nicht vorstellen, was daran so wichtig war.

GOOD MORNING, BABY BEAR

Wir hatten einen Standplatz mit Seeblick. Auf der spiegelglatten Wasserfläche paddelten Kanuten. Kinder in kleinen Segeljollen übten Halsen und Wenden. Es war ein Bild des Friedens und der Freude.

Ich hatte Phil vorgewarnt.

Er stand in New York in den Startlöchern.

Marilena hatte die Anzeigenabteilung der New York Daily News angerufen und das Codewort

›Rocky Mountains‹ genannt. Sie hatte es damals mit Frank Lorence vereinbart, zusammen mit dem Text der Annonce. Die Sachbearbeiterin in der Anzeigenabteilung hatte ihr den hinterlegten Namen und die dazugehörige Telefonnummer genannt.

Donald Liberto.

243 – 3700

Marilenas Finger zitterten, als sie das Handy bediente, das ich ihr von hinten aus der Elektronikabteilung geholt hatte. Langsam und konzentriert gab sie die Vorwahl und die Rufnummer ein.

Ich beugte mich zu ihr, um mitzuhören.

Das Rufzeichen ertönte dreimal, dann wurde abgenommen. »Chelsea Hotel, guten Tag.«

»Guten Tag«, erwiderte Marilena. »Kann ich bitte Mr. Liberto sprechen? Donald Liberto?«

»Einen Augenblick, Madam, bitte bleiben Sie dran.«

Ich griff zu meinem Handy, wartete aber noch, bis sie den Mann, um den sich alles drehte, an den Apparat bekam.

»Hallo?« erklang eine zaghafte Männerstimme.

Marilena griff sich ans Herz. »Bist du es?« Ihre Stimme war weniger als ein Hauch.

»Marilena!« Frank Lorence schrie es fast. »Marilena! Du bist es?«

»Ja, ich bin es! Oh, mein Liebster, wie lange habe ich auf dich gewartet! Wie habe ich mich nach dir gesehnt! Kannst du dir das vorstellen?«

»Aber ja, mein kleiner Baby Bear. Ich konnte die ganze Zeit nur an dich denken, an nichts anderes. Es war ja eine so schwere Zeit.«

»Oh, wie sehr ich das nachempfinden kann!« seufzte Marilena. »Wir waren die beiden Königskinder, die nicht zusammenkommen konnten.«

»Ja, meine Liebste, ich weiß wirklich nicht mehr, wie ich das durchgestanden habe.«

»Ich auch nicht, Frank. Ich glaube, ich fange erst jetzt wieder an zu leben . . .«

Ich hatte den Eindruck, daß es noch stundenlang so weitergehen konnte. Irgendwie hatte es den Stil von Liebesschwüren auf der Opernbühne.

Ich tippte Marilena behutsam auf die Schulter.

»Die Zimmernummer!« sagte ich. »Ich brauche seine Zimmernummer. Und sag ihm, daß Phil und die Kollegen ihn gleich abholen werden.«

»Und herbringen?« Ihre Augen strahlten mich an.

»Natürlich, wie besprochen«, sagte ich und drückte die Taste für Phils Handynummer.

10

Noch Minuten nachdem sie das Gespräch beendet hatten, saß Frank Lorence ergriffen im Sessel. Er sah das Telefon an, als handelte es sich um die Verkörperung des Glücksbringers schlechthin.

Irgendwo in den unergründlichen Räumen des ›Chelsea Hotels‹ klagte ein Tenorsaxophon. Der Musiker mußte ein Schwarzer sein, denn er spielte den alten Blues der Südstaaten auf eine Weise, wie ihn nur ein Schwarzer spielen konnte.

Zum erstenmal merkte Frank, daß der Blues neben der Traurigkeit auch Hoffnung ausdrückte. Er spürte überdeutlich, wie die Melodielinien des Musikers seine frohe Stimmung in himmlische Höhen hoben.

Jetzt war er froh, daß er gerade hier ein Zimmer gefunden hatte, in dem berühmten Künstlerhotel an der West 23rd Street.

Okay, es wurde Zeit. Er stemmte sich aus dem Sessel hoch. Die Dusche funktionierte, das hatte er getestet. Er würde sich kurz frisch machen, und dann konnte es losgehen, mit den G-men als Eskorte. Er war froh darüber, daß Marilena mit den FBI-Agenten zusammenarbeitete. So hatten sie sich beide auf die richtige Seite geschlagen. Es war die richtige Entscheidung gewesen, denn nun würden sie bald ein völlig normales Leben führen. Vielleicht in einer anderen Stadt, in einem anderen Staat, in einem anderen Land.

Es spielte keine Rolle, wo sie leben würden.

Es zählte nur, daß er mit Marilena zusammen ein konnte.

Er öffnete die Tür zum Bad und wollte eintreten.

Da sah er die Bewegung, ganz links, am Rand seines Blickfelds.

Eine Kreditkarte wurde aus dem Türschlitz zurückgezogen. Die Tür schwang auf, bis sie von der Sicherungskette gehalten wurde. Ein Bolzenschneider schob sich in den Spalt und zerbiß die Kette.

Frank beobachtete es mit fassungslos geweiteten Augen.

Eben noch hatte er sich wie im Paradies gefühlt, jetzt war er wie gelähmt. Der Highway, auf dem er nach New York gekommen war, hatte ihn direkt in die Hölle geführt.

Er täuschte sich nicht.

Der Mann trat ein, ließ den Bolzenschneider auf den Teppich fallen und drückte die Tür hinter sich ins Schloß. Er grinste bis zu den Ohrläppchen.

Frank erkannte ihn nicht sofort.

Der Mann schlug die Jacke beiseite. Ein Spezial-Schulterholster war zu sehen. In den Lederschlaufen hing eine Beretta 92F mit aufmontiertem Schalldämpfer.

»Donald Liberto . . .«, sagte der Mann gedehnt, und sein Grinsen wollte nicht aufhören.

Frank erkannte ihn an der Stimme.

»Lenny!«

»Tja, da staunst du, was? Ich bin ein toter Mann, und ich habe mich ohne einen Schönheitschirurgen verändert. Ist das nicht eine stolze Leistung?«

»Ja«, antwortete Frank einsilbig.

»Immerhin«, begann Lenny, »dich hätte ich auch nicht erkannt.« Er klopfte auf die Beretta. »Ich befinde mich auf Rattenjagd.«

»Lenny, du glaubst doch nicht ...«

»O doch! Ich glaube fest daran, daß ich eine von zwei Alternativen in die Tat umsetzen werde. Die erste: Ich erschieße die Ratte gleich hier, wenn es sein muß. Die zweite: Die Ratte führt mich zu Marilena.«

»Verdammt, Lenny, ich weiß nicht, wo sie ist!«

»Ach, und weshalb gibst du eine Anzeige in der Zeitung auf?«

»Hör mal, Lenny, wir können doch über alles reden. Wir haben doch Zeit.«

Der Mob-Boss runzelte die Stirn. »Du willst Zeit *gewinnen*, was? Du wartest auf deine Bullenfreunde, stimmt's?«

»Nein! Menschenskind, Lenny ...«

Guzzo löste die Beretta aus dem Holster und lud durch. Das metallische Schnappen ließ Frank Lorence zusammenzucken.

»In einer Minute bin ich hier raus«, sagte Lenny Guzzo kalt. »Entweder mit dir oder ohne dich. Wenn du mich zu Marilena bringst, hast du wenigstens die Chance, sie noch mal zu sehen. Wenn nicht, stirbst du einen einsamen Rattentod – hier, in diesem netten Künstlerhotel.«

Der See war weitverzweigt, hatte eine fast unüberschaubare Zahl von Seitenarmen.

Ich ließ mein Kanu in einem dieser gewundenen

Seitenarme langsam dahingleiten, hielt es mit langsamen Paddelschlägen auf Kurs.

Die Landzungen zu beiden Seiten waren mäßig bewachsen. Das lichte Buschwerk erlaubte immer wieder Durchblicke. Ich konnte Marilena auf der großen Wasserfläche sehen, wo Mückenschwärme in der Sonne tanzten und eine hauchdünne Dunstschicht wie Staub auf der Oberfläche lag.

Wir hatten Frank Lorences Wunsch entsprochen.

Irgendwo am Ufer des Sees wollte er Marilena treffen.

Sie sollte allein in einem Zweier-Kanu kommen.

Es war zwei Uhr nachmittags, wie vereinbart. Seit Phils Anruf aus dem Chelsea Hotel wußte ich, daß etwas nicht stimmte. Frank hatte von unterwegs angerufen und behauptet, er hätte es vorgezogen, allein loszufahren, ohne Begleitschutz. Die G-men könnten ja nachkommen.

Letzteres taten sie auch.

In der anhaltenden Mittagshitze waren keine anderen Kanus unterwegs. Noch während ich diese Feststellung traf, änderte sich die Szenerie draußen auf dem Wasser.

Marilena winkte plötzlich.

Nicht in meine Richtung.

Aufgeregt ruderte sie mit den Armen.

Dann setzte sie ihr Boot in Bewegung.

Ich tauchte das Paddel senkrecht ins Wasser, und das Boot stand still. Ich spähte nach rechts. Irgendwo dort, vermutlich auf der übernächsten Landzunge, mußte Frank stehen.

Ich konnte niemanden sehen. Deshalb trieb ich das Kanu mit wenigen Paddelschlägen ans Ufer. Im Schutz eines Maulbeerbuschs glitt ich an Land. Der Smith & Wesson ruhte sicher im Gürtelholster. Geduckt arbeitete ich mich voran, nutzte auf den wenigen Metern jeden sich bietenden Busch als Sichtschutz.

Die Stimme hörte ich zuerst, bevor ich jemanden sah.

»Fein, daß du kommst, Kleines! Sieh mal, wie die Ratte sich verändert hat. Na los, nimm ihn an Bord, dann kannst du ihn noch ein bißchen bewundern, ehe er das sinkende Schiff verläßt – wie alle Ratten es tun!«

Lenny Guzzo lachte schallend.

Ich schob mich hinter einen Baumstamm.

Und da waren sie – fünfzehn Meter entfernt, auf der anderen Seite eines schmalen Wasserlaufs.

Marilena hatte die Spitze der Landzunge erreicht.

Frank Lorence stieg zu ihr ins Boot.

Und das Geschehen überschlug sich.

Guzzo war nur fünf Meter hinter ihm.

Statt sich zu setzen, versuchte Lorence, sich aus der Bewegung heraus ins Wasser fallen zu lassen – auf der anderen Seite des Boots.

Lenny Guzzo riß die Beretta hoch.

Ich zog blitzschnell.

Guzzos Zeigefinger krümmte sich.

Er stieß einen Wutschrei aus.

Mein Magnum-Smith flog. Anvisieren und Durchziehen waren die Sache einer Hundertstelsekunde.

Ohrenbetäubender Donner hallte über die Weite des Wassers.

Marilena schrie.

Frank Lorence kippte über die Bordkante, landete klatschend im Wasser.

Lenny Guzzo stand stocksteif, die Beretta im Anschlag wie ein Zinnsoldat.

Von rechts, aus der Deckung eines Gebüschs, tauchte Phil auf. Er hielt seinen Magnum-Revolver am langen Arm. Steve und Zeery folgten ihm.

Ich richtete mich auf, winkte.

Die Kollegen winkten zurück, liefen auf Guzzo zu.

Marilenas Schrei endete plötzliche, brach abrupt ab.

Ich erkannte den Grund.

Zwei Hände umfaßten die Bordkante des Boots.

Und dann erscholl Frank Lorences Lachen, als er sich triefnaß hochzog.

Phil und die beiden Kollegen entwaffneten den stehenden Toten. Unsere Schüsse hatten den Punkt getroffen, hatten ihn so schlagartig getötet, daß er nicht einmal mehr den Zeigefinger krümmen konnte. Jetzt kippte er um wie ein Brett.

Ich holte mein Boot, zog es durchs Unterholz, fuhr hinüber. Als ich ankam, lagen sich Marilena und Frank in den Armen.

Phil erklärte mir, daß er die County Police bereits verständigt hatte. Steve und Zeery vergewisserten sich, daß Lenny Guzzo tatsächlich nicht mehr am Leben war. Diesmal war sein Tod echt. Wir wandten uns ab und überließen Marilena und Frank ihrem Glück.

ENDE